KB062884

난 지금입니다!

난 지금입니다!

다시 쓰는 슬램덩크

민이언 지음 | 정용훈 그림

différance

잃어버린 낙원이란

자기 자신 속에서밖에 되찾을 수 없다

- 마르셀 프루스트

어게인 세븐틴!

그때와 같을 순 없으리오

아주 오랜만에 고등학교 친구들과 모여 술잔을 기울였던 어느 여름날. 한 친구가 사회인 농구협회 임원을 맡아보고 있던 터라, 술자리에서 농구 이야기가 이어졌다. '왕년'의 추억에 취해 서로가 서로를 고무시키는 분위기가 불안하다 싶더니, 결국 술을 마시다 말고 농구를 하러 갔다.

모두가 농구광이었던 그때 그 시절에야 낯설지 않은 광경이었지만, 이 놈들은 아직도 지들이 17살인 줄 안다. 옛날에 곧잘 덩크도 작렬시키던 녀석은 이제 바닥으로부터 한 10cm를 뛰는 것 같다. 현란한 드리블과 재빠른 돌파로 상대를 유린하던 녀석은, 잠깐의 질주에도 욕지기가 올라올 판이다. 외곽슛은 아무도 안

들어간다. 그래도 게임을 뛰다 보니 어렴풋이 옛날 가닥이 나온다. 여전히 몸이 기억하고 있다는 사실에 서로가 서로를 대견해 한다.

자신의 정체성을 되찾았다는 듯 내내 즐거워하던 김과장과 이주임, 예성이 아버지, 지오 아버지···. 정말로 17살로 돌아간 듯했던 아주 잠깐, 이젠 쏟아부을 수 있는 열정이란 게 고작 그 정도이다. 아주 오래전에 떠나보낸 여름날을 되찾아오기에는 이젠 너무도 후달리는 체력, 또 한 해의 여름을 보내 주어야 한다는 사실이 서글프면서도, 그래도 17살의 기분으로 37살의 여름을 놓아준 어느 날이었다. 그런데 이도 벌써 10년 전 이야기다.

내 또래들의 학창시절엔 그야말로 농구 열풍이었다. 전교 1등과 전교 꼴찌가 따가운 햇살 아래 미끄덩거리는 살을 맞대고 어울리던 유일한 시간이기도 했다. 나이키는 에어조던 시리즈 하나로 아디다스와 리복을 저만치 따돌리고 앞서가고 있었다. 뻔히 가지 못할 대학이란 사실을 알고 있었으면서도, 연고전에는 어찌나 환호를 쏟아 냈던지···. 매주 화요일이었던 걸로 기억한다.『슬램덩크』가 연재되던 주간만화잡지의 발행일에는, 반의 모든 아이들이 야자시간을 기다렸다. 그날이면 열혈 독자였던 한 친구가 석식 시간을 이용해, 학교 근처의 서점에서 이번 주의 이야기를 사 들고 왔기 때문이다.

친구들과 공통의 관심사로 모이는 지점이 공설운동장의 야외 농구코트였다. 당시 우리 집이 그 근처였던 관계로 나는 항상 불려 나갔다. 녀석들과 놀다 보니 농구공이 손에 익을 수밖에 없었다. 녀석들은 농구를 좋아하기도 했지만, 잘 하기도 했다. 길거리 농구 대회의 지역예선에서 우승을 차지한 이력도 지니고 있으니….

"서른 살이 되어도 우린 이러고 있을까?"

친구들 모두가 군에서 전역을 하고 다시 공설운동장에 모였던 어느 날, 또 한바탕 내일이 없을 것처럼 열정을 불사르고 난 뒤 서로에게 던졌던 질문인 동시에 그 자체로 대답이었다. 미래의 모습도 지금과 별반 다르지 않을 거라는 한심함으로, 하지만 서른의 시간이 다가와도 서로가 서로의 곁에 있을 거라는 애틋함으로, 서로의 얼굴을 바라보며 깔깔대며 나누었던, 이젠 자못 먼 시간 너머에 두고 온 우리들의 대화이다.

그러나 서른 살이 되던 해에 우리는 '이러고' 있지 못했다. 다들 저 사는 게 바빠서, 한곳에 모여 '이러고' 있을 수 있는 기회조차도 그 해에는 주어지지 않았다. 그 이후로도 좀처럼 주어지지 않았던 기회를 통해 깨닫게 된 것은, 그 순간이 '이러고' 있을 수 있었던 우리의 마지막이었다는 사실이다. 이젠 그때처럼 자주 모일 수도 없을뿐더러, 모인다 해도 그 장소가 농구코트는 아니다. 그 뜨거웠던 날들에 청춘의 온도만큼으로 불사르던 열정은, 이젠 지겹도록 반복하는 회상 속에서만 애틋할 뿐이다.

찢어진 그물

나의 학창시절에는 농구골대의 그물이 항상 찢어져 있었다. 학교에서 새 것을 달아 줘도, 일주일을 못 버텨 냈던 것 같다. 농구가 열풍이었던 시절이라, 쉬는 시간마다 쏟아져 나와 공을 던지는 학생들의 열정을 감당할 수 없었던 내구성일뿐더러, 새로 그물이 달리는 날엔 더 극성인 열정들이었다.

내가 고등학교를 졸업할 즈음, 『슬램덩크』의 연재도 끝이 났다. 그래서 더욱 기억으로 잡아 두고 있는 작품이기도 하다. 현재진행형으로 강백호와 동갑이었다가, 송태섭과 동갑이었다가, 정대만과 동갑이었던 3년이었기에, 내 학창시절의 결정적 순간들 곁에는 항상 그들이 있었다.

"영감님의 영광의 시대는 언제였죠? 국가대표 때였나요? 나는 지금입니다!"

　강백호의 영광의 시대는 아직도 현재진행형일까? 때때로 그들의 시간이 부럽기도 하다. 독자들이 다시 펼쳐 보는 페이지가 어디냐에 따라, 언제든지 그 순간을 반복할 수 있는 지면의 시간성.

　내 영광의 시대는 언제였을까? 아니 그런 시절이 있기나 했었던 걸까? 삶의 어느 순간부터, 꿈도 열정도 모두 빛바랜 추억의 페이지에 가두어 둔 채, 다시 꺼내어 보지 않았었다. 한때는 포기할 수밖에 없었던 변명거리를 찾는 것으로 삶을 소비하기도 했었다. 지금에 와서 고백하자면 재능은 물론이거니와 간절함이 부족했음을 인정하는 데 더 많은 시간이 필요했다.

　다행히도 나는 늦게나마 과거에서 미래를 찾은 경우이다. 그중 하나가 『슬램덩크』이기도 하고, 그 사실만으로도 나는 강백호와 같은 행운아인지도 모르겠다. 그럼에도 내 영광의 시절은 아직 도래하지 않았다. 그러나 이미 시작되고 있었다. 단호한 결의로 '지금'을 대하던 강백호로부터, 농구골대의 찢어진 그물로부터, 당신을 알게 된 그 순간부터….

10년 전 '네이버 오픈캐스트'에 연재했었던 내용들이다. 주로 철학과 관련한 글월들을 읽고 쓰는 입장이라, 원래는 프루스트의 『잃어버린 시간을 찾아서』에 대한 들뢰즈의 해설서를 염두에 두고 인문학적으로 쓴 글들이 아름아름 알려지기 시작했다. 물론 많은 분들이 재밌게 읽어 주셨지만, 더러는 욕도 먹었다.

누군가에겐 그저 행복한 추억으로 남아 줬으면 하는 컨텐츠를 건드리는 것 같아서, 『슬램덩크』 팬들에게 송구스런 마음이다. 내가 뭐라고, 내 손을 탄 해석으로 추억의 '격'을 실추하는 사례는 아닐까 하는 걱정이 앞서기도 한다.

이젠 많은 유튜버들도 다루고 있고, 그전부터 비슷한 구상을 해 오신 분들도 계실 테고, 여전히 많은 팬들이 사랑하고 있는 컨텐츠에 대한 기획에 '내가 먼저'를 말하고 싶은 생각도 없다.

인생작에 관해서 하고 싶은 이야기가 얼마나 많겠는가. 욕심 같아선 다 싣고 싶었지만, 리라이팅 작업에서는 인문학적 지식과 개인적인 이야기는 많이 덜어 냈다. 나머지 이야기들은 개인 블로그에 저장되어 있다.

이런저런 어려움을 겪은 원고이기에, 그 곡절의 여정이 우리네

인생 같기도 하기에, 많은 애착을 지니고 있는 원고이다. 출간의
시도와 제안은 이어졌지만 원화 사용이 저작권 문제에 발목이 잡
혀 항상 난항을 겪었다. 5년 전, 팬아트 식의 삽화로 대체하여 『그
로부터 20년 후』라는 제목으로 출간되었으나, 출판사의 사정으
로 절판이 되었다.

작년에 〈더 퍼스트 슬램덩크〉가 개봉된 이후, 편집장 업무를 맡
고 있는 출판사에서 리라이팅에 관한 논의가 있었다. 그리고 올
해 초부터 정용훈 작가님과 협업을 진행했다. 내 또래라면 누구
나가 학창시절에 좋아했던 만화이다 보니, 각자에게 익숙한 컨텐
츠로 해석하고 싶은 마음이 있겠지만, 내 완력으로 많이 끌어왔
다. 개인적으로는 문학의 지위로 생각하는 경우라, 『잃어버린 시
간을 찾아서』의 느낌을 내고 싶었다. 내 의견을 많이 반영해 주신
정용훈 작가님께 다시 한 번 감사하다는 말을 전한다.

『슬램덩크』의 등장인물들에게는 그날 이후 어떤 미래가 기다
리고 있었을까? 그들은 어떤 어른이 되어 있을까? 그런 질문에서
비롯된 작업에는, 그들의 이야기를 사랑했던 우리들도 매일같이
마주하는 일상성을 투영했다. 그림들만으로도 하나의 서사가 되
게끔, 그들이 살아가는 지금을 어느 하루의 시간 속에 연계해 그
렸다. '농구'라는 소재보다도 '그때 그 시절'이라서 가능했던 풋

풋한 열정에 초점을 맞췄다. 그래서 '농구'에 관한 이미지도 거의 없다.

소설 『잃어버린 시간을 찾아서』는, 권태에 허덕이던 한 중년이 기나긴 회상의 서사 끝에 어린 시절의 꿈을 되찾는다는 내용이다. 결말에서 주인공은 작가가 되기로 결심한다. 철학자 들뢰즈는 이 소설을 평함에 있어, '끝은 시작 속에 있었다'고 표현했다.

무언가를 위해 열정을 불사르던 그 푸르렀던 날들에 관하여, 그로써 모든 세대가 겪는 보편적 인문으로서의 '잃어버린 시간'에 대하여 써내린 글들이다. 거기서 멈춰 버린 이야기, 거기에 두고 온 이야기. 『슬램덩크』의 마지막 장면에 펼쳐지는 그 바닷가가 그 상징이기도 하다. 그로부터 오랜 시간이 흐른 후, 이 바닷가로 다시 돌아온 그들은 무엇이 되어 있을까? 그들의 이야기를 사랑했던 우리는 무엇이 되어 있나?

그 기억 속의 바닷가로부터, 그 끝에서 다시 시작되는 이야기.
인생이 한 편의 소설이라면, 이 소설의 끝을 다시 써보는 건 어떨까?
그렇게 '되찾는 시간'이 『잃어버린 시간을 찾아서』의 결론이며, 이 책의 프롤로그에서 던지고 싶은 질문이기도 하다.

차례

#1

정말 좋아합니다

신화의 서막

벚꽃길

"백호야 미안해! 나 사실은 농구부 경민이를 더 좋아해."

첫 페이지에 단 한 번 출현하는, 이름조차 언급되지 않는 한 소녀의 수줍은 고백. 고백은 소녀의 사랑을 담고 있었지만, 그 사랑의 방향이 강백호가 아니었다. '더' 좋아하는 사람은 아니지만 '덜' 좋아하기라도 한다는 억지스런 의미부여가 그나마의 위안일 수 있을까?

이별은 언제나 갑작스럽다. 한쪽에게 이별의 의사가 전혀 없는 경우엔 더욱 더…. 어느 날 강백호에게 찾아온 느닷없는 이별, 소스라치게 놀라 활짝 열린 동공으로 가득 쏟아 내는 눈물, 도저히 믿기지 않는 현실. 그러나 너무도 진실되어 보이는 소녀의 표정은, 그 진심만큼으로 강백호의 가슴을 파고드는 슬픔이다.

강백호의 뺨을 타고 흐르는 이노우에 다케히코 특유의 유머 코드가, 훗날 90년대를 대변하는 하나의 현상이 되어 버린 『슬램덩크』의 서막이었다. 중학교 시절 내내 49번의 퇴짜를 맞은 강백호. 이젠 마음에 굳은살이 박일 만도 하련만, 굳은 결의와 모진 각오로 다가선 이별 앞에서도 가슴은 저려 오는 법, 더군다나 감정선이 항상 극강의 자기애로 회귀하는 그에게 이별은 매번 갑작스럽다.

소녀의 변심을 '농구부 경민이'에게 따져 물을 수도 없는 노릇이다. 자신이 경민이보다 못난 남자란 사실을 입증하는 꼴밖에 되지 않는다. 이별에 대처하는 강백호의 자세는, 적어도 자존심을 지켜내기 위한 자기위안이다. 농구 따위는 경민이 같은 애들이나 하는 '시시한 운동'으로 치부한다. 농구 자체가 시시한 운동이 되어 버리면, 그 운동에 심취해 있는 경민이가 자연스레 시시한 존재로 전락하고, 백호에게 이별을 건넨 소녀 역시 남자 보는 눈이 없는 여자가 된다.

강백호의 일본판 이름, 사쿠라기 하나미치(櫻木花道). 고등학생이 되어 새 학기를 맞이한 그의 마음은, 그의 이름처럼 벚꽃이 흐드러지게 피어난 봄의 길목은 아니다. '농구부 경민이'가 남기고 간 충격에서 헤어나질 못한 남자의 고독은, 여전히 싸늘함이 가시지 않은 쓸쓸한 겨울을 걷고 있다. 복도 창문으로 비껴드는 따스한 봄햇살, 그 설익은 조도에 데워진 바람을 타고 흩날리는 벚꽃잎들은, 흡사 겨우내 부서져 내린 순정의 파편들 같다. 창문 만큼의 시야에 맺힌 한 조각 봄은, 백호의 눈물이 되어 흘러내린다. 눈부시도록 아름다운 계절은 그에겐 더욱 더 가슴 시린 슬픔이다.

결정적 순간

"농구 좋아하세요?"

세상에 내려앉은 봄을 애써 외면하며 걸어가고 있던 복도 어디선가에서 들려온 여리디여린 목소리. 농구부 경민이에게 여자 친구를 빼앗긴, 농구라면 이가 갈리는 강백호에게는 도발에 가까웠던 '너의 목소리가 들려'온다. 이미 농구로 가득 들어찬 멍울을 비집고 들어와 그를 부르는 또 한 번의 농구. 아직까지 추운 겨울에 멈추어 있던 마음이 열불을 토하며 뒤돌아본 그곳에… 봄이 다가와 있었다.

넋을 잃은 표정과 움츠러든 어깨로 붙잡아 두고 있던 마음의 생채기, 모든 것을 꽁꽁 얼려 버렸던 백호의 겨울 위로 다시 봄바람이 분다. 바람에 흩어지는 봄날의 벚꽃잎은 더 이상 갈기갈기 찢어진 사랑의 파편이 아니다. 새로운 시작을 축복하는 환희의 꽃가루다. 단순함의 표상 강백호는 그 바람 속에서 이미 사쿠라기 하나미치 그 자신이 되어 있다.

"농구… 좋아하시냐구요?"

다시 불어온 봄바람 속에도 '농구'가 들어 있었다. 강백호는 아직 농구를 좋아하지 않는다. 농구가 어떤 운동인지에 대한 이해의 의지도 없다. 단지 채소연을 좋아한다. 그녀에게 잘 보이기 위해서 농구를 시작한다. 농구는 그저 채소연과의 매개에 지나지 않았을 뿐이다. 그러나 그 '그저'의 동기가 『슬램덩크』의 모든 서사를 가능케 하는 중요한 사건이기도 했다. 이제 소연이를 위해서라면 뭐든지 할 수 있을 것만 같다.

우연적 사건에 필연적 서사를 기대하는 심리. 이렇게 되려고 그랬던 것이고, 너를 만나기 위해 수많은 이별을 했는지 모른다며, 자의적으로 늘어놓는 필연의 해석. 상처받은 곳에 더 뽀얀 새살이 돋아나듯, 트라우마로 남겨진 곳에서 다시 극복의 스토리가 쓰여지길 바라는 숙명에로의 의지. 강백호는 하나같이 지랄 맞았

던 지나간 사랑들에 대한 보상, 혹은 자신의 러브스토리를 완성해 주는 반전의 존재가 채소연이라 믿고 싶었는지 모른다.

그러나 나를 비껴간 우연은 실망에 그치지만, 필연이라 믿었던 것들이 비껴갈 시에는 절망으로 되돌아온다. 차라리 우연이란 놈은 비껴갔다는 사실조차도 뒤늦게 발견이 되는, 그제서야 돌아보는 아쉬움 이상은 아닌 경우도 있다. 하지만 필연으로의 해석은 다시 기대하게 하고, 다시 돌아보게 하며, 다시 상처받는 순환을 반복하게 한다. 강백호에게 채소연은 그런 순환이며 반복이었다. 채소연은 이미 농구부 서태웅을 짝사랑하고 있었다.

짝사랑이 힘든 이유는, 나 혼자 상대를 좋아하고 있다는 사실보단, 상대방 역시 나를 좋아할 수 있다는 일말의 가능성 때문이진 않을까. 고백으로 사랑의 가부를 확인할 것인가, 아니면 착각이고 오류일지언정 그 사람도 나를 좋아했을 것이라는 일방적인 믿음을 벙어리 냉가슴으로 끌어안을 것인가 사이에서의 불안.

'어차피 짝사랑일 뿐'이라는, 서태웅을 향한, 상대적으로 편한 강백호에게 털어놓은 채소연의 고백. 다른 곳을 바라보고 있는 채소연과 같은 '어차피'의 심정으로, 채소연을 바라보고 있는 자신임을 깨닫게 된 강백호. 채소연이 자신을 좋아할 수도 있다는 가능성마저 무너져 버렸다. 다시 한 번 부서져 내리는 사랑의 파편들, 백호의 마음속에 잠깐을 머물었다가 약만 잔뜩 올리고 떠나가 버린 봄바람. 약이 오르다 못해 악에 받친 마음은, 이젠 교정에 심어진 벚나무들을 모조리 뽑아낼 판이다.

차라리 다가오지나 말지, 그랬다면 기대하지도 않았을 텐데…. 채소연의 행동은 충분히 오해의 소지가 있었다. 더군다나 강백호와 같은 단순한 성격에게는 한없는 '여지'로 해석될 수 있었다. '시시한' 운동에서, 뭔지도 모르지만 잠시 '아주 좋아하는 운동'으로 가슴에 담아 두었던 농구는, 이후 강백호에게 '가장 싫어하는 스포츠'가 된다.

사랑, 그것은….

천사를 만나다

"농구 좋아하세요?"

누구인지도 모르는 '농구부 경민이'에게서 받은 상처로 기운을 잃어 가던 날들. 가뜩이나 농구로 멍든 가슴에 어느 날 악마가 찾아들었다. 강백호를 다시 한 번 시험에 들게 하는 이 빌어먹을 놈의 농구. 강백호의 선택은 악마의 유혹대로 분노해 주는 것, 내 안의 악을 불살라 주는 것이었다. 그러나 타오르는 분노로 돌아선 이글거리는 시선 끝에… 천사가 서 있었다.

'이게 꿈이냐, 생시냐? 이런 천사가 나에게….'

천사를 만난 강백호의 가슴 속으로, 농구의 멍울을 밀어내며 차오르는 벅찬 성령. 그 숭고함 앞에서 어찌 농구를 좋아하지 않는다고 말할 수 있었겠는가.

"이 자식이! 천사 같은 소연이에게….”

서태웅과 강백호의 첫 대면, 마침 뒤늦게 도착한 채소연까지 합세한 삼자대면에서, 시끄럽다며 곁에 있던 채소연의 말을 잘라먹은 서태웅의 죄는 이미 도덕의 범주를 넘어선 불경인 셈이다. 서태웅을 향한 강백호의 주먹은, 단순한 폭력이 아닌 '숭고'로 뭉쳐진 심판이었다.

자칭 천재의 자격으로 참여한 오디세이, 강백호가 시종일관 맴돌고 있는 천재의 표상은 '슬램덩크'다. 이런 믿음이 시작된 사건은, 채소연과 단둘이 체육관에 있게 된 '우리들의 행복했던 시간'이다. 엔간히도 늘어놓는 농구에 대한 소녀의 애정은, 천사의 계시나 다름없는 것이었다. 태초에 농구가 있었나니….

농구에 대한 상식이 전무했던 강백호가 처음으로 덩크에 눈을 뜬 날이기도 하다. 농구공을 한 손으로 집고 있었던 강백호에게, 천사는 감탄을 연발하며 다짜고짜 덩크를 할 줄 아냐고 묻는다. 태어나 지금까지 단 한 번도 해본 적이 없지만, 이미 채소연을 위해 스포츠맨을 맹세하고 자처한 터, 시도 정도야 문제 될 게 없다.

상기된 얼굴로 강백호에게 슬램덩크를 재촉하는 천사. 슬램덩크, 그것이 도대체 무엇이길래? 저토록 설레여하는 소녀의 눈빛은 무엇을 기대하고 있는 것일까? 어쨌거나 내가 좋아하는 사람이 내게서 행해지는 슬램덩크를 보고 싶어 한다. 자신에게 그런 능력이 있는지조차 알 수 없지만, 이미 소연이가 기뻐하는 일이라면 무엇이든지 할 수 있기로 마음먹은 강백호였다.

농구를 좋아하는 천사의 기쁨을 위한, 한 손에 농구공을 집어든 아브라함의 질주, 그리고 이어지는 힘찬 도약. 골대에 작렬하는 슬램덩크가 분명 소연이에게 한 걸음 더 다가설 수 있는 진리임을 믿어 의심치 않는 강백호. 슬램덩크가 너를 자유케 하리라!

천사마저 숨을 죽이고 지켜보던 아주 잠깐의 고요, 체육관 창문으로 비껴들어 백보드에 부서지고 있는 찬란한 햇살, 최대의 탄력으로 솟아올라 저 성령의 공간으로…. 그리고 그 정점에서 골대 안으로 공을 내리꽂는 슬램덩크! 그러나 이미 덩크 동작이 가능하지 않을 정도로 가까운 거리로 다가와 있는 백보드. 이미 그곳에 부서지고 있던 찬란함 사이로 부서지는 이마빡. 쾅! 그리고 이어진 우당탕! 체육관을 뒤흔들 정도로 넘쳐나는 은혜의 모습이란….

슬램덩크는 실패했다. 그러나 백호의 성령체험 중, 천사의 '말씀'이 흘러나왔다.

"엄청난 점프력이다."

단행본에는 이 대사가 빠져 있지만, 매주 연재되었던 주간지 판본에서는 강백호의 경이로운 운동신경을 향한 채소연의 감탄이었다. 그리고 강백호 앞에 펼쳐질 농구 여정의 단초가 된다. 당시 연재되던 한국의 만화들은 앞다투어 이 대사를 차용했다. 주인공이 살아가는 인문적 맥락이 어떻든 간에, 주인공으로서 당연히 갖추고 있어야 할 덕목이, 평균을 웃도는 점프력이었다.

강백호의 슬램덩크는 실패했다. 그러나 천사는 기뻐한다. 그리고 기쁨으로 내뱉은 '말씀'으로 모든 걸 이루어 낸다.

"넌 꼭 농구부에 들어가야 해! 반드시 농구부에 들어가는 거야!"

그리고 잇대어진 오빠 채치수를 향한 채소연의 독백.

"구세주야! 농구부의 구세주야! 오빠!"

아직 이마의 충격이 가시지 않은 채로 백보드 아래에 드러누워 있던 강백호는, 한층 격상된 메시아의 자격을 부여받는다.

네 시작은 미약하였으나, 네 나중은 창대하리라. 『슬램덩크』의 애독자라면 강백호가 '왼손은 거들 뿐'으로 이루어 내는 신화창조의 창대한 끝을 알고 있을 것이다. 우연히 발견된, 아니 어쩜 필연적으로 발견된 이 점프력 하나가 『슬램덩크』의 모든 서사를 가능케 하는 미약한 시작이었다. 농구가 아니었다면 스스로에게도 발견되지 못했을 이 운동신경 하나만을 믿고, 우격다짐 식으로 농구부 주전을 꿰차는 강백호의 무대뽀 정신. 결국엔 '다 이루어 내는' 성장의 기록은 이런 '발견'에서부터 시작되고 있었다.

타자와 미래

"여자는 남자의 증상이다."

정신분석학자 라캉의 이 애매한 어록에 대한 해석은, 여자가 남자를 변화시키는 권력이라는 것. 채소연을 위해서라면 뭐든지 할 수 있을 것만 같은 강백호의 '증상'에 비유할 수 있다.

"여인에게 당장에 도달할 수 없는 남성은 '다른 것으로' 그 여인에 대한 열정을 드러낸다."(라캉)

삶은 우연과 아이러니의 연속이다. 그전까지는 관심도 없었던 농구였건만, 갑작스레 강백호의 인생에 끼어들어 가장 싫어하는 스포츠로 전락한 사연은, 도리어 강백호가 농구를 사랑하게 되는 전기를 마련해 준다. 우연과 아이러니의 불편함들이 이끄는 대로 따라가다 보니, 어느덧 진정한 '바스켓맨'이 되어 있었다.

경험의 구조에서 비껴선 가치들로부터 새로운 미래가 발견하

는 경우들이 있다. 평범한 아마추어 야구 선수였던 마이클 조던이 농구공과 함께 '신화'를 집어든 우연처럼 말이다. 그 낯선 경험들은 때로 타자(他者)를 매개로 다가온다. 강백호에게 농구는 그가 한 번도 가능성을 점쳐 보지 않았던 영역이었다. 아니 도리어 얼룩져 있는 상처를 도려내고 싶은 과거였다. 그러나 상처받은 과거로부터 새로운 미래가 열리기 시작했다. 그 매개의 사건이 바로 채소연이었다.

강백호가 서태웅을 싫어하는 이유는 지극히 단순하다. 자신이 좋아하는 채소연이 짝사랑하는 대상이기 때문이다. '농구부 경민이'라는 이름이 잊혀지기도 전에, 더 짜증나는 농구부 서태웅이 자신의 사랑을 가로막았다. 재능에 대한 확신만 있을 뿐, 확실한 실력은 검증도 되지 않았을뿐더러, 농구에 대한 상식조차 없는 강백호는 무작정 농구부에 가입원서를 들이민다. 자신에겐 그저 트라우마 덩어리인 농구 속으로 들어가고자 하는 이유는, 오로지 짝사랑하는 채소연에게 잘 보이기 위해서이다. 그러나 그 어떤 간절함에도 사랑은 쉽지가 않다.

하이데거가 이르길, 나를 바라보는 것이 나를 존재케 하는 것이다. 강백호는 늘 채소연의 시선 안에서 존재하고자 한다. 때때로 시선을 갈망하다 못해 아예 착각을 해버린다. 사랑은 그토록 많은 것을 착각하게 한다. 그러나 강백호 스스로도 안다. 채소연이 서태웅을 바라보는 시선의 온도가 자신을 향한 것과는 사뭇 다르다는 사실을….

정작 서태웅은 채소연에게 내내 무심하다 못해 냉정하다. 서태웅의 차가운 외면이 차라리 강백호에게는 다행스러운 일이었는지 모른다. 그러나 강백호는 그 태도를 빌미로 사사건건 시비를 건다. 사랑에 눈먼 가슴엔 이미 서태웅이라는 존재 자체가 적의의 대상이다. 채소연을 대하는 서태웅의 태도가 어떻든 간에, 어차피 결론은 정해져 있다. 네 놈이 서태웅인 죄. 그냥 서태웅이 싫다.

그러나 그토록 싫어하는 서태웅이 강백호의 농구 여정 속에서 가장 중요한 타자가 되어 버리는 또 하나의 아이러니. 아무리 힘들어도 서태웅 앞에서는 불같이 일어나는 승부욕으로 인해, 여정의 어느 순간부터는 농구와 채소연의 입지가 뒤바뀐다. 채소연과의 매개물이었던 농구에서, 농구와의 매개자인 채소연으로…. 여전히 채소연을 좋아하는 강백호이지만, 농구를 계속해야 하는 당위성에 더 이상 채소연이 전부는 아니다. 채소연이 강백호의 '증상'이었다면, 농구는 강백호에게 이미 '열병' 그 자체이다.

사랑은 그 자체만으로도 아름답고 위대한 사건이겠지만, 그것으로 인해 또 다른 무언가를 가능케 하는 미래적 속성이기도 하다. 사랑하는 사람을 행복케 하고자 시작했던 일이, 결국엔 자신이 행복해질 수 있는 일로 변해 버리는 강백호의 미래처럼….

03

Dear my No.1 가드

한 사람을 위한 마음

방과 후 체육관으로 가는 길에 우연히 만난 강백호와 이한나. 함께 걸어가는 내내 상념에 젖어 있는 듯한 이한나의 눈빛은, 강백호의 해맑은 표정에 묻어나는 무념무상에 포커스를 맞추고 있었다. 슈퍼문제아 송태섭의 부재를 한 치의 모자람도 없이 채워버린 신입생 강백호였기에, 송태섭이 다시 등교했다는 소식을 접한 이한나는 혹시라도 발생할지 모를 두 사람 간의 트러블이 내심 걱정이다.

왜 슬픈 예감은 틀리지 않는 것일까? 강백호와 이한나의 동선에 가로놓여 있던 사건은, 정대만 일당과의 일전으로 입원을 했다가 다시 학교로 돌아온 송태섭이다. 그러나 사건의 뇌관은 이한나 자신이었다.

　체육관으로 진입하는 골목, 그 모퉁이 돌아에서 정대만 일당과 불편한 재회의 인사를 나누고 있던 송태섭. 불량선배들 앞에서 한껏 불량한 기운을 뿜어내고 있던 그의 시선 안으로, 강백호와 함께인 이한나가 걸어 들어온다. 이한나와 눈이 마주친 송태섭은 왈칵 눈물부터 쏟아 낸다. 도통 영문을 알 수 없었던 강백호는 지금 이게 무슨 일인가 싶고, 쟤는 왜 저렇게 울고 있나 싶다. 신입생 강백호에겐 아직 이 상황이 이해되지 않건만, 강백호를 이한나의 남자친구로 오해한 송태섭은 다짜고짜 주먹부터 날린다.

　생각보다 반 박자 빠른 행위의 습관이 강백호와 별반 다르지 않은 송태섭. 이미 사랑에 눈이 먼 열혈남아에게 정황에 대한 입체적 판단 따위는 그다지 중요하지도 않을뿐더러 가능하지도 않다. 그저 감정의 물살에 행위를 내맡길 뿐이다. 강백호가 정말로 그녀의 남자친구였다 해도 실상 송태섭에게는 그럴 자격이 없다. 이한나가 그럴 자격을 허락한 적이 없기 때문이다. 송태섭은 이한나에게 이유를 묻는다. 왜 나는 안 되고, 저 녀석은 되는 것인가에 대한…. 그러나 이한나에게 대답할 의무는 없다.

　그녀가 좋아하는 그 사람이 신경 쓰여도 쿨한 척할 수밖에 없는 이유는, 내게 그를 미워할 아무런 명분도 없고, 반응을 하고 있는 내 자신이 구차스러워질 뿐이기 때문이다. 서태웅에 대한 강백호의 질투가 그런 경우다. 내가 그가 될 수 없었다는 열등감마저 느끼고 있다. 그러나 송태섭은 자신의 감정에 충실한 편이다. 명분과 열등감이야 어찌 됐건 당장에 차오르는 눈물과 끓어오르는 화를 주체할 수 없다. 기어이 눈물을 떨구며 화를 방출하는 진상을 떨쳐 주신다.

사랑에 제 전부를 던지는 강백호인 것 같지만, 채소연에 대한 사랑을 직접 표현한 적은 없다. 언제나 채소연이 바라봐 주기를 욕망하다 때로 착각할 뿐, 벙어리 냉가슴으로 '친구'를 선택한 유형. 쓸데없이 강한 자존심은 서태웅에게 직접적으로 따져 묻지도 못한다. 하여 그 대리물인 농구에 집착하며 서태웅과 으르렁대기 시작한 것. 그러나 강백호에게서 발견되는 그나마의 상식이 그 쓸데없는 자존심이기도 하다.

차라리 송태섭이 강백호보다는 사랑에 있어 솔직하다. 채소연은 강백호가 자신을 좋아한다는 사실을 잘 모른다. 채소연의 둔한 성격 탓만도 아니다. 채소연이 자신을 좋아해 주길 바라는 강백호의 기대는, '자칭 천재'로서의 성향과 어느 정도 궤를 함께하는 증상이다.

이한나는 자신이 송태섭에게 사랑받고 있다는 사실을 안다. 송태섭은 이한나의 시선을 욕망하며 시야 내에서 수선을 떠는 짓 따위는 하지 않는다. 그냥 이한나가 허락하는 범위 내로 걸어 들어가, 내가 널 좋아하고 있으며 항상 한 걸음 뒤에 내가 서 있을 것이란 믿음을, 기회가 날 때마다 이한나에게 상기시켜 준다. 그것이 사랑학 개론에 비껴가는 찌질함일지언정…. 이한나도 그런 송태섭이 싫지 않다.

피어스

송태섭은 중학교 때까지 농구를 했으나, 고등학교에 진학해서는 진로를 망설이고 있었다. 그러다 우연히 들른 체육관에서 농구부 매니저인 이한나에게 반해 다시 농구부에 가입한다는 설정이다. 농구에 관한 이력과 사랑이 향한 대상의 차이가 있을 뿐, 강백호와 같은 동기로 농구에 대한 열정이 유지되고 있다.

"잘한다! 송태섭!"

언제나 송태섭을 설레게 하는 이한나의 칭찬 한마디. 칭찬은 고래도 춤추게 한다지만, 이한나의 칭찬은 송태섭으로 하여금 매직 드리볼을 가능케 하는 '말씀'이다. 이한나가 기뻐하는 일이라면 뭐든지 할 수 있는, 이한나를 위해 존재하는 'No.1 가드'가 송태섭에겐 가장 급선무인 목표이다. 전국제패는 차후의 문제다.

이노우에 다케히코는 『피어스(Pierce)』라는 제목의 단편 하나를 그렸는데, 송태섭과 이한나에 관한 '소나기'식의 프리퀼이다. 송태섭이 이한나를 처음 본 순간은 고등학교에 들어와서가 아니다. 장소도 체육관이 아니다. 초등학교 6학년이던 해의 어느 여름날, 어느 바닷가에서 첫 만남은 이미 이루어졌었다. 각자의 상처를 지닌 소년과 소녀의 짧은 만남을 매개하는 사물이 귀고리다. 즉 이 단편은 송태섭이 귀고리를 하게 된 사연을 담은 프리퀼이기도 하다.

그런데 고등학교 올라온 송태섭이 이한나를 알아보지 못하고 '첫눈'에 반해 버렸다. 자신을 까맣게 잊어버리고 자신에게 들이대고 있다. 실상 다른 여자에게 치근덕대는 것이나 마찬가지다. 물론 이노우에 다케히코가 훗날 그리게 될 스핀오프를 염두에 두고 연재를 하진 않았겠지만, 여튼 훗날 첨가된 개연성을 따라가 보자면, 그 지고지순에도 이한나가 송태섭을 쉽게 허락하지 않던 이유는, 어쩌면 예전에 바닷가에서 만난 슬픈 눈망울의 소년이 이젠 이 세상 어디에도 존재하지 않는다는 사실을 확인시켜 준 송태섭의 죄이기도 하지 않을까?

이하나를 향한 송태섭의 마음도, 한나가 느끼기엔 다소 모순적이다. 이한나를 좋아하면서, 마음을 받아 주지 않는 그녀 대신에 다른 여학생들을 만나기도 한다. 그렇게라도 그녀를 잊어 보려는 노력, 그러나 끝내 그녀를 잊지 못했다는 남자의 변명. 그런 스스로에 대한 합리화가, 어쩌면 이한나에게서 허락의 기회를 앗아간 것은 아닐까? 그 지고지순에 마음을 열어 주려 했을 즈음, 혹여 다른 여자와 다정히 길을 걸어가던 송태섭을 목격하진 않았을까? '지고지순은 무슨?' 하면서 잠시나마 흔들린 바보 같은 자신을 책망하며 돌아섰던 어느 날이 있었는지도….

더 퍼스트 슬램덩크

TV 애니메이션 작업에서는 이노우에 다케히코가 직접 작화를 맡은 게 아니었던가 보다. 너무 못마땅했던 나머지, 『베가본드』의 애니메이션화도 계속 거절하고 있단다. 만화로 읽었던 세대들이 보기에도 조잡한 퀄리티였으니, 원작자 자신의 마음은 오죽했겠는가. 그래서일까? 감독까지 맡았던 〈더 퍼스트 슬램덩크〉는 확실히 뭔가 달랐다.

산왕과의 결전을 송태섭 관점에서의 회상으로 다시 써내린다. 중심이 되는 회상은 단편 『피어스』와 맞물려 있으며 무게감이 느껴지는 성장통에 관한 이야기로 풀어낸다. 송태섭이 오키나와 출신이라는 설정. 이렇게 되면 『피어스』에서 다루어지는 이한나와 만남도, 가마쿠라가 아닌 오키나와에서 있었던 일이다.

송태섭의 형은 지역 중학교에서 촉망받는 유망주였다. 3살 터울인 동생과 시간이 날 때마다 1대 1 승부를 펼치며, 동생의 성장을 바라보는 기쁨이 그가 동생을 사랑하는 방식이다. 그러던 어느 날, 친구들과 바다낚시를 가기로 했던 약속을 깜빡하고 동네 야외 농구대에서 동생과 1대 1 대결을 하던 형은, 동생을 달랜 후 친구들과 배에 오른다. 태섭은 그런 형에게 너무 서운했던 나머지, 평생을 두고 후회할 못된 말을 내뱉고 만다. 돌아오지 말라고…. 그리고 그날 형은 바다에서 돌아오지 못한다.

자신의 말 때문에 형이 돌아오지 못한 것 같은, 송태섭의 가책. 그에게 농구는 형과의 추억이기도, 하늘에서 내려다보고 있을 형의 몫까지 짊어진 꿈이기도 하지만, 트라우마이기도 하다. 소년의 방황을 다독이는 유일한 방법론이면서도, 또한 극복의 대상이다.

『피어스』에서는 잠깐 등장해 기절하는 모습만 보여 주는 송태섭의 엄마는, 이 작품에서는 또 한 명의 주연이다. 엄마에게도 농구는 형에 관한 기억이다. 농구선수로 자라나는 태섭을 보면서 형을 떠올리는 순간들이, 형에 대한 상처로 곪아드는 태섭을 더욱 아프게 하는 것 같아서, 형의 유품을 치우기도 한다. 그러나 태섭에게는 형의 자리가 지워진다는 일 자체도 자기 책임인 것 같다. 엄마도 태섭도 어찌해야 좋을지 모르겠다. 날이 갈수록 서로는 서먹한 모자 관계가 되어 간다. 그럼에도 소통의 창구는 결국엔 농구였다. 그것을 매개로 관계가 조금씩 회복되기도 한다.

과거로부터 자유로워지기 위해 전학을 간 도시가 가마쿠라였다. 전학생에 대한 텃세까지 겪은 태섭은, 시간이 날 때마다 동네 야외 농구대에서 혼자 농구 연습을 한다. 우연히 그곳을 지나가다 그 모습을 지켜보던, 당시 중학생 유망주였던 정대만은 1대 1 대결 상대가 되어 준다. 좋은 드리블 기술을 지니고도 혼자 연습하는 모습이 안타까워, 실전처럼 압박에 익숙해져야 한다는 조언과 함께, 태섭에게 예전의 형과 했던 날들을 떠올리게 한다.

그런 마음 착한 동네 형 정대만과의 만남이 이미 중학교 1학년 때 이루어졌었다. 먼 훗날 불편한 재회를 한 둘 사이에는, 그가 그날의 그였다는 기억이 없다. 이 사실은 관객들에게만 알려진다. 둘은 여전히 모르고 있다. 서로가 서로에게서 잊혀진 그날의 그였다는 걸. 농구에 대한 애증이란 점에서, 같은 시간의 결은 아닐 망정, 정대만은 송태섭과 닮아 있다.

정우성의 매치업은 서태웅임에도, 이 작품에서는 같은 2학년으로서의 송태섭을 부각시키는 장면이 잠시 스친다. 그리고 하나의 복선이기도 했다.

미국으로 진출한 정우성은 포인트 가드로 포지션을 변경한다. 그리고 역시 미국으로 진출한 송태섭이 한 경기에서 정우성과 마주한다. 『슬램덩크』에 관한 글을 쓸 때면, 그날 이후 그들에겐 어떤 미래가 기다리고 있었을지에 대한 질문을 던지곤 했었는데, 이노우에 다케히코는 송태섭으로 대답하며 영화를 마무리한다.

송태섭을 주인공으로 내세운 의도가 뭐였을까? 등장인물 모두가 결국엔 작가의 분열된 자아들이겠지만, 아마도 농구를 포기해야 했던 이노우에 다케히코 자신의 체형과 닮은 캐릭터였기 때문은 아닐까? 다시 써보고 싶은 이야기가 남아 있었던 건 아니었을까?

어느덧 중년이 된, 그 시절의 청춘들에게는 어렵지 않은 질문일 게다. 그렇다고 선명한 대답이 떠오르는 건 아닌데, 그냥 알 수 있는 것. 마지막 장면에서의 송태섭이 뭘 의미하는지, 모르지 않는 나이가 되어 있는 우리들. 그 자체로가 대답이지 않을까?

개인적으로는 예전부터 『슬램덩크』를 인문적으로 해석하곤 했는데, 〈더 퍼스트 슬램덩크〉는 그 자체로 송태섭의 '잃어버린 시간을 찾아서'를 다루는 문학이다.

　어린 시절에 그렸던 미래를, 현재로 살아가고 있는 이들이 얼마나 될까? 이젠 그 시절과 같은 열정이란 게 남아 있는지도 의심스럽지만, 그럼에도, "너 지금 뭐하고 있는 거냐?"라며 말을 걸어오는 듯한 영화들이 있다. 그것을 향유했던 세대에게 건네는 팬서비스 같았던 영화, 〈더 퍼스트 슬램덩크〉였다.

　예상 밖으로, 청춘의 시간을 현재로 살고 있는 세대에게서도 큰 반향이 있었단다. 시대 차와 세대 차가 무의미할 정도로 모든 이가 겪는 인문학적 보편성으로서의 '청춘'이기에, 폭넓은 공감이 가능했던 것이 아닐까?

04

돌아온 탕아

송태섭의 드라마를 중심으로 하는 〈더 퍼스트 슬램덩크〉의 각색은, 송태섭과 정대만이 예전에 한 번 만난 적이 있다는 설정이다. 그때는 좋은 동네 형이었는데, 그때의 서로라는 사실을 모른채 다시 만났을 땐 정대만도 그렇게까지 할 이유는 없었지만, 송태섭도 자신에게 왜 이렇게까지 하는지 모르겠다.

언젠가부터는 그 원인은 잊혀지고 서로를 향한 미움만 남은 관계. 그들이 화해하기까진 그리 길지 않은 시간이 걸렸지만, 그 사이 많은 일들이 있었다. 서로가 손을 맞잡을 수 있는 공통의 관심사가 없었다면, 끝내 그 악연의 고리를 끊지 못했을 사이. 악연일망정 그도 고리라고, 중요한 순간에 송태섭의 선택은 정대만이었다.

반전의 반전

"철 좀 들어라. 정대만!"

권준호의 한마디로 시작되는 회상, 그리고 속속들이 밝혀지는 정대만의 과거. 『슬램덩크』에서 가장 드라마적인 인물을 꼽으라면 단연 정대만일 터, 그러나 애초에는 정대만이 농구선수로 참여하는 기획이 아니었단다. 그저 버르장머리 없는 후배에게 시비를 거는 불량선배로서의 역할이 전부였다고…. 폭력사건의 드라마는 본디 불량선배들의 시비에도 굴하지 않는 송태섭의 깡다구를 위한 것이었다.

체육관에서의 싸움 장면을 그릴 즈음부터 캐릭터에 생각이나 감정을 이입하는 만화가로서의 역량이 갖춰지기 시작했다는 이노우에 다케히코의 술회. 그런 작업에 막 재미를 느끼던 시기에, 마침 그리고 있던 스토리의 분량이 길어지게 되면서 정대만에게 정이 들었단다.

정대만이 없는 『슬램덩크』는 상상도 할 수 없건만, 정작 존재하지 않을 수도 있었던 반전이었다는 사실이 그가 지닌 또 하나의 반전이다. 정대만이 아니었다면 북산의 베스트5는 어떤 식으로 꾸려졌을까? 우리가 익히 알고 있는 서사로부터는 다소 멀어졌을 것이다. 더 좋은 결과였을 수도 있었겠지만, 한편으론 어쩔 뻔했나 싶기도 하다.

선망과 질투 사이

굳이 구분을 하자면 선망과 질투는 다른 결의 감정이다. 전자는 자신에게 없는 것을 지니고 있는 타인에게 느끼는 부러움인 반면, 후자는 자신도 지니고 있는 것에 대한 열등감이다. 그러나 이 경계가 애매해지면서 두 감정을 동일시하게 되는 경우, 자신이 지니고 있지 않은 것에 대해 열등감을 품게 된다. 이는 곧잘 자신이 지니고 있지 못하는 이유가, 그것을 지니고 있는 상대 때문이라는 피해의식으로 이어진다. 피해의식은 항상 과대망상을 동반한다. 때문에 상관을 따져 물어도 억지가 될 사안에 인과를 따져 묻는 것. 상대가 정당하게 획득한 필연이든, 우연이 나에게 털어내고 간 불행이든, 아무래도 상관없다. 내가 있어야 할 자리를 다른 누군가가 대신 차지했다는 자기중심적 해석 하에서, 파괴하고 싶은 것은 '파괴해야 하는' 당위의 자격을 부여받는다.

정대만에게 '파괴해야 하는' 대상은, 자신이 떠나온 체육관에서 유망주로 주목받고 있는 송태섭이었다. 자신이 있어야 할 곳에서, 자기 대신 빛나고 있는 존재. 그러나 정대만이 농구코트를 떠난 사연 속에는 송태섭이 없다. 아직 송태섭이 북산고에 입학하기 전에 일어난 사건이며, 질투의 방향도 늘 마찰을 빚어 온 채치수를 향했어야 그나마 합리적이다. 하지만 정대만은 자신에게서 사라져 간 빛을 송태섭에게 빼앗겼다고 생각한다.

실상 파괴의 대상 앞에서 느끼는 자괴감의 크기이기도 하다. 그러나 스스로를 부정할 수 없어 차라리 왜곡된 자아를 증강시키는 망상. 왜 송태섭을 싫어하는가? 송태섭이 먼저 건방지게 굴었기 때문이다. 송태섭이 정말로 건방을 떨었는가는 중요하지 않다. 송태섭이 농구부의 희망이란 사실 자체가 이미 정대만에게는 모멸감이다. 자신이 먼저 시비를 걸었다는 사실은 잊혀진다. 자신에게서 비롯된 결과임에도 되레 다른 이를 원인으로 끌어들이는 전도(顚倒)현상은, 자기변명을 위한 나름의 논리를 지키려는 노력이긴 하다. 신입생 시절에 아웅다웅했던 채치수를 변명으로 삼기에는 '질투'라는 사실이 너무도 자명하다. 때문에 포커스를 버르장머리 없는 후배 송태섭에게로 돌린 것.

정대만이 농구부에 돌아올 수 없었던 원인 역시 '질투'의 감정 때문이었다. 자신이 질투하고 있다는 사실을 인정할 수 없었던 자존심이 더욱 더 스스로를 농구로부터 밀쳐 내고 있었다. 도대체 왜 이렇게까지 하는 건지, 송태섭에 대한 집착은 정대만의 패밀리들도 이해를 하지 못한다. 그들도 정대만이 농구부였다는 사실을 몰랐다. 최소한 이것만큼은 건드리지 말아야 할 자존심, 정대만에게 있어 그 자존심이 농구에 대한 과거이다. 누구도 건드릴 수 없게, 아예 가슴 깊숙한 곳에 숨기고 살았던…. 그러나 그 열망만큼으로 안을 파고드는 골 깊은 상처이기도 했다. 이런 상처를 건드린 누군가는 최측근인 영걸이었다.

"대만아! 사실은… 농구가 하고 싶은 거지?"

누가 봐도 과거에 얽매이고 있다는 사실이 명백하건만, 정대만 스스로만이 인정할 수 없는 사실. 그걸 들켰다는 사실에 더 화가 난다.

그러나 중학교 MVP 출신이 약체팀 북산으로의 진학을 결심하게 된 단 하나의 이유, 안감독의 등장 앞에 모든 것을 내려놓는다. 그리고 최종회에서 펼쳐지는 강백호와 서태웅의 하이파이브와 더불어 가장 많이 회자가 되는 명장면을 만화사에 남긴다.

눈물로 주저앉는 정대만의 고백.

"농구가 하고 싶어요."

아름다운 서브

양호열과 백호군단

주인공만큼이나 매력적인 서브 캐릭터, 『슬램덩크』에서 돋보이는 서브는 단연 양호열이지 않을까? 강백호의 친구들 중에서도 강백호를 가장 잘 이해해 주는, 언제나 나머지 친구들과는 구분되는 존재감. 또한 무리들 중에서는 그나마 사리분별이 명확하고 성품은 온화하다. 그 무난한 성격이 농구라는 주제의 안과 밖을 잇는 고리가 되어 주기도 한다. 정대만 일당으로 인해 벌어진 폭력사고의 주동자를 자처하며 모든 책임을 뒤집어쓰는 장면이 대표적이다.

어차피 농구부를 박살 낼 작정으로 저질러진 사건, 어떤 식으로든 농구부는 문책을 피해갈 수 없었다. 사태의 심각성을 확인시켜 주는 유혈까지 체육관 바닥에 낭자하다. 조용히 수습하면 된 다던 서태웅과 얼버무리면 된다던 강백호의 호기로 기꺼이 맞아 준 도발이었지만, 얼버무리기에는 도저히 수습이 안 될 정도로 난항으로 미끄러져 버린 스토리. 더군다나 정대만의 반전이 애초 에는 작가의 의중에 없었다고 하니, 이 막다른 판국을 어떻게 헤 쳐 나갈 것인가의 고심 속에 이미 한참 전부터 자리하고 있었던 양호열의 존재는, 이노우에 다케히코에게 한 줄기 빛과도 같았을 지도….

송태섭이 강백호보다도 먼저 알게 된 인연이 양호열이었으며, 이는 이노우에 다케히코가 자신도 모르게 미리 배치해 놓은 복선 이기도 했다. 정대만 일당과의 악연으로 인해 농구부까지 곤욕에 빠진 것이라는 송태섭의 자책 앞에 나타난 양호열은, 정대만 일 당을 일소하는 지원군이면서도, 정대만의 과거와 농구부의 현재 그리고 『슬램덩크』의 미래를 모두 구원하는 '중요한 타자'였다.

많은 이들이 명장면으로 기억하고 있을 정대만의 반전 뒤로는 그에 못지않은 임팩트의 반전들이 줄지어 기다리고 있었다. 불과 몇 분 전까지만 해도 이를 악다물고 싸웠던 정대만의 잃어버린 꿈을 되찾아 주고자 기꺼이 사나이의 로망을 택하는 양호열. 이 는 친구 강백호를 위한 결단이기도 했다.

반전에 잇대어진 반전은 양호열이 영걸이에게 보낸 사인이었다. 나는 나의 친구를 위해, 너는 너의 친구를 위해, 우리가 희생하자는 묵계.

그 묵계의 우두머리를 자처하고 나선 영걸이는 힐끔 정대만을 돌아본다. 사건의 주동자였던 정대만의 꺾인 날개를 보듬으며, 영걸이는 정대만을 사건 밖으로 내친다. 질투는 이쯤에서 그만두고 이제 다시 한 번 날아 보라고….

영걸이와 철이

"농구부도 아니면서 왜 간섭이야?"

양호열에게 흠씬 두들겨 맞던 정대만이 물었다. 그렇다. 양호열은 농구부가 아니다. 그렇게까지 농구에 관심이 있는 편도 아니다. 그러나 이제 막 농구부가 된 강백호의 친구다. 간섭의 이유는 그것으로 충분하다. 친구가 소중히 여기는 것들을 함께 지켜 주고 싶을 뿐이다.

실상 정대만의 질문에 대한 대답은 이미 정대만 곁에 있었다. 영걸이에게는 송태섭을 싫어해야 할 하등의 이유가 없다. 그러나 친구가 송태섭을 싫어한다. 이유는 그것으로 충분하다. 농구부와의 악연을 그저 친구와 함께 하고 싶을 뿐이다. 악역이 될지언정 친구의 증오심을 함께 짊어지고 싶었을 뿐이다.

교내 일진에서 '불꽃남자' 정대만의 극성 팬덤으로 변모하는 영걸이 일당만큼이나, 정대만에 대한 애착을 지닌 또 하나의 캐릭터가 철이다. 학교 밖을 방황하다 거리에서 맺은 우정이지만, 어떤 우정 못지않게 뜨겁다. 온몸에서 뿜어져 나오는 반항기, 그 거친 천성이 살가운 말 한마디를 건네지는 못해도, 에두른 표현으로나마 널 응원한다는 메시지 정도는 전한다.

"제법 스포츠맨 같구나. 뭐…. 그쪽이 더 어울려 너한텐…!!"

북산고에서의 폭력 사태 이후 처음으로 정대만과 거리에서 마주친 철이. 긴 머리카락을 잘라 낸 정대만의 모습이 낯설기도 하면서, 언제나 함께였던 친구를 이젠 보내 주어야 하는 아쉬움이 묻어나는 대사조차도 그의 성격대로 까칠하다. 실상 북산고 체육관으로 쳐들어간 사연은 오로지 정대만과의 의리 때문이었다. 영걸이와 마찬가지로, 철이에게도 농구부를 미워해야 할 아무런 이유가 없다. 그저 친구의 분노를 함께 등에 지고 싶었던 것뿐이었다.

『슬램덩크』에서 농구가 아닌 것으로 소통이 이루어지는 관계들이 있다. 농구 이전의 인연으로 다가와 있던 사람들, 바로 강백호와 정대만의 친구들이다. 지나간 세대에게 매주 행복의 시간을 선사했던 신화창조의 연대기, 그 마지막 한 땀은 농구와 전혀 관련이 없었던 '친구'들에 의해 완성된다.

#2

우리들은 강하다

06

라이벌 혹은 멘토

영혼의 자극제

농구를 시작하자마자 선천적인 운동신경으로 주전 자리를 꿰찬 강백호는 서태웅을 무지무지 싫어한다. 정작 서태웅은 신경도 쓰지 않거늘, 자신이 보다 천재적이라는 망상으로 불타오르는 열등감은 사사건건 시비를 건다. 죽어도 서태웅에게는 패스를 하지 않으며 도리어 서태웅을 고전시키는 상대편을 격려하기도 한다. 그러나 이런 일방적인 라이벌 의식은, 그전까지 불량학생으로 살아가던 강백호를 진정한 바스켓맨으로 거듭나게 하고 있었다. 또한 강백호를 컨트롤 할 수 있는 유일한 자극제가 바로 그토록 미워했던 서태웅이기도 했다.

농구부 입단 후 처음으로 가진 자체 청백전, 그러나 체육관 구석에서 드리블 기초를 연습하는 입장이었던 강백호는 아직 게임에 참여할 수 없다. 서태웅과 겨루어 보고 싶은데, 보란 듯이 저녀석을 눌러 버리고 싶은데, 초보인 자신의 처지에서 할 수 있는 일이라곤 코트 밖에서 서태웅을 방해하는 '겐세이'뿐이다. 그러나 어느 순간에 멈칫하는 겐세이 액션. 서태웅의 경이로운 플레이에 넋을 놓고 있던 자신을 깨닫게 된다.

'소연이 앞에서 멋있는 척하는 건 못 참아!'

이 질투심의 역설은, 풋내기 강백호의 눈에도 서태웅의 플레이는 멋있어 보였다는 사실이다. 서태웅의 멋진 플레이에 배알이 꼴린 강백호는, 결국 우격다짐으로 게임에 참여하게 된다. 그리고 기어이 슬램덩크를 작렬시키고야 만다. 림이 아닌, 채치수의 머리통에….

남들이 보기에는 도저히 납득할 수 없는 자신감으로 살아가는, 불안과 걱정 따위는 하지 않을 것 같은 강백호였지만, 농구를 알아 가는 과정에서는 적지 않은 고뇌의 순간들을 맞닥뜨리게 된다. 그로 인한 불안을 일소시켜 주는 역할은 언제나 서태웅의 몫이다. 강백호에게 순차적으로 다가왔던 각성의 순간들도 모두 서태웅에게서 비롯된 것이었다. 림 위에 '놓고 오는' 레이업 슛, '왼손은 거들 뿐'의 미들슛, 그리고 스스로에게 부여한 천재의 호칭을 입증시켜 줄 슬램덩크까지…. 이 모든 동작을 습득하는 과정 중에 강백호가 상기하는 표준모델은 서태웅이었다. 강백호의 정체성이 되어 버리는 리바운드 역시, 능남과의 연습경기에서 서태웅의 모션을 지켜본 이후에 실행된 모사였다.

뭣도 모르는 풋내기 시절에는 잘 보이지 않았던 것. 농구를 알아 갈수록 강백호에게는 서태웅이 보이기 시작한다. 풋내기 시절에야 절대 인정하지 않으며 몽니를 부릴 수가 있었지만, 실력과 더불어 안목도 자라난 강백호에게서 더 이상 부정될 수 없는 사실. '자칭 천재'의 이상에 부합하는 이가 바로 서태웅이기도 했다. 언제나 곁에 있었으나 보지 않았고 보이지 않았던, 그토록 싫어하는 서태웅이 강백호의 농구 여정 속에서 가장 '중요한 타자'가 되어 버리는 또 하나의 아이러니.

"따라잡았다 싶으면, 어느새 한 발자국 앞서가고 있는 놈이야!"

함께 시대를 양분했던 『드래곤볼』에서, 베지터가 손오공을 천재로 인정하며 쓸쓸히 내뱉었던 한마디. 강백호에게 서태웅은 언제나 자신보다 앞서 있는 존재였다. 베지터와 강백호의 차이라면, 베지터는 내내 인정하고 있지 않다가 끝내 인정하고야 말았고, 강백호는 끝내 인정하지 않았지만 진즉부터 깨닫고 있었다는 점

이다. 강백호에게 서태웅은 도달할 수 없기에 차라리 부정해 버리고 싶은 이상의 자아이기도 했다. 사랑이든, 농구이든, 타인들로부터 공중받는 서태웅처럼 되고 싶었지만, 적어도 지키고 싶었던 마지막 자존심이 서태웅을 거부하고 있었다.

영혼의 치료사

지역예선 4강 리그, 해남과의 경기. 경기 종료를 몇 초 남기지 않은 상황에서 거의 마지막 찬스라고 생각했던 정대만의 3점슛이 들어가지 않았다. 다행히 리바운드를 잡은 강백호에 의해 한 번 더 연장된 마지막 기회, 그러나 강백호는 채치수와 닮은 상대편 센터 고민구에게 패스를 하고 만다. 북산의 패배. 이노우에 다케히코는 처음으로 강백호의 뺨에 흐르는 눈물에서 유머 코드를 지워 버린다. 그리고 한 발자국 물러서, 강백호 스스로에게 눈물을 맡긴다. 아직 채 식지 않은 땀과 함께 흘러내리는 강백호의 눈물은 뜨겁다.

'나 때문에 진거야.'

자신의 결정적인 실수를 기억에서 떨쳐 내지 못하는 강백호.

실상 해남전의 마지막 득점은, 해남의 에이스 이정환을 앞에 두고 작렬시킨 강백호의 덩크슛이었다. 게다가 이정환의 반칙으로 얻은 바스켓 카운트의 희망이 정대만으로까지 이어졌던 것. 천재의 표상이며 자격이라고 생각했던 슬램덩크를 처음 (득점으로) 성공시킨 공식 경기, 게다가 왕자 해남의 에이스 이정환을 상대로 거둔 쾌거였다. 평소 같으면 자신의 천재성을 만방에 알리며 온갖 주접을 늘어놓을 강백호였겠지만, 그의 머릿속엔 자책만으로 가득 차 있을 뿐, 자신이 덩크를 성공시켰다는 사실은 없다.

손에 잡힐 듯했던 희망은 도리어 절망의 크기를 키우는 법. 경기 내내 선전을 펼친 강백호였고, 어차피 동점으로 접어든 연장전이라면 북산의 패배는 불을 보듯 뻔했다. 가뜩이나 선수층이 얇은 팀에서, 채치수는 부상을 당했고 체력이 고갈된 서태웅마저 벤치로 물러난 상황이었다. 그러나 마지막 희망을 자신의 손으로 날려 버렸다는 사실에, 강백호는 패배의 책임을 혼자 짊어진다.

"어떤 천재에게도 실수는 있는 법이야!"

아무리 좋아하는 채소연이고, 그녀 때문에 시작한 농구이지만, 채소연의 어떤 위로도 강백호 귀에 들어오지 않는다. 차라리 풋내기의 실수였다면 부담감을 덜 했으리라. 스스로에게 부여한 천재라는 무게감이 버텨내기에는 너무도 결정적인 실수였다. 강백호는 며칠 동안 체육관에 모습을 드러내지 않았고, 심지어 우연히 마주친 채소연을 외면하기까지 한다. 평소에는 그토록 갈망했던 그녀의 시선이었건만, 이제는 그 시선 밖으로 달아나고 싶다.

모두가 집으로 돌아간 시간, 불이 꺼진 체육관 탈의실. 그 어둠 속에 주저앉아 자신에 대한 자책으로 울고 있던 강백호. 이때 탈의실 문을 열고 불을 켜며 들어선 이는 서태웅이었다. 강백호는 자신에게 아무런 질타도 없이 돌아서는 서태웅을 불러 세운다. 서태웅의 침묵을 자신에 대한 값싼 동정쯤으로 여긴 것. 이노우에 다케히코는 여기서도 기막힌 전환을 이끌어 낸다.

"너의 실력이 승패에 영향을 줄 수 있다고 생각하는 거야? 나의 체력이 문제였어. 나 때문에 진거야."

반전의 동력은 서태웅이었다. 강백호의 자괴감 앞에 늘어놓은 서태웅의 자책으로, 패배의 원인이 도리어 에이스로서의 역량을 증명하는 역설이 펼쳐진 것. 자책은 도리어 에이스의 자격이 되어 버리고, 강백호의 입장에선 이젠 패배의 원인이 자신이었음을 욕망해야 할 판이다. 서로 자기 탓임을 주장하다가 급기야 몸의 대화로 번진 촌극, 그 촌극에 잇대어진 페이지에는 우리에게 익숙한 까까머리 강백호의 낯선 등장이 기다리고 있었다.

07

중요한 타자

작가의 페르소나

소설의 캐릭터들은 대부분 작가가 지닌 다양한 자아들이 은연중에 표출되는 경우라고 한다. 그런 면에서 『슬램덩크』에 등장하는 많은 캐릭터들은 이노우에 다케히코가 지닌 인문의 폭을 대변해 주는 논거들이기도 하다. 그 분열자들의 흔적을 따라갔던 청춘들이 어느덧 중년이 되어 버린 시점, 이제와 돌아보면 당시 20대 초반의 작가에게 어떻게 이런 지평이 가능했나 싶다.

이노우에 다케히코는 캐릭터들이 어느 한쪽으로 움직이기 시작하면 자신의 완력으로는 끌어올 수가 없었다고 말한다. 전체의 얼개를 미리 기획하고 그린 것이 아니라 스토리 속의 우연과 필연을 따라간 캐릭터들 각자의 서사였다고…. 특히나 윤대협에 대해서는, 작가 자신도 그 녀석을 이해하기가 힘들다며 너스레를 떤다. 그런 이유에서인지 윤대협의 서글서글한 인상은 도리어 전혀 속내를 읽어 낼 수 없는 포커페이스로서의 기능성이다.

『슬램덩크』가 당시 여느 스포츠 만화와 달랐던 건, 의식의 서사를 담았다는 점이다. 코트 안에서 직접 뛰고 있는 선수들은 물론이고, 코트 밖에서 지켜보고 있는 관찰자들도 경기에 대한 대화나 독백으로 경기에 참여한다. 그러나 윤대협의 의식은 코트 안에서나 밖에서나 사뭇 절제가 되어 있다.

승부에 집착하지 않는 듯 보이는 대범함, 그러나 결국엔 자신이 이길 것이라고 믿는 긍정의 신념, 웃음이 떠나지 않는 상냥함 속에 짜증 한 번 내지 않는 여유, 상대의 플레이에 경의를 표할망정 결코 분위기에 휩쓸리지 않는 냉철함. 그런 그도 서태웅에게만큼은 많은 말을 건넨다. 강백호는 서태웅에게만큼이나 그에게 많은 질투를 건네고….

윤대협의 성격을 단적으로 보여 주는, 그가 처음 등장한 장면. 북산과의 연습경기가 있던 날, 경기 시작 직전에서야 체육관 문을 열고 들어선 윤대협은, 왜 이렇게 늦었냐는 유명호 감독의 성화를 특유의 넉살이 실린 한마디로 제압한다.

"늦잠 잤어요."

비록 연습경기라곤 하지만, 불안의 기색을 전혀 찾아볼 수 없는, 무지와 미지를 느긋하게 즐길 줄 아는 캐릭터. 공자가 찬미했던, 아는 자와 좋아하는 자가 당해 낼 수 없는 즐기는 자의 전형이라고나 할까?

이제 풋내기 슛 하나를 간신히 익힌 강백호의 말 같지 않은 도발에도 그저 생긋이 웃어 줄 뿐이다. 그러나 강백호를 낮추어 보고 있었던 게 아니다. 언제나 '자뻑'에 가려지는 강백호의 가능성을 처음으로 인정해 준 선수, 남들이 보지 못한 것을 미리 보고 있던 혜안의 에이스이기도 했다. 그의 혜안은 강백호에 그치지 않았다. 아직 정대만도 송태섭도 합류하지 않은 북산을 모두가 약체로 평가하고 있을 때, 그 혼자서만이 북산의 진가를 인정한다. 어쩌면 그런 직관력이 서태웅과의 차이라고 할 수 있을지도 모르겠다. 서태웅에겐 없는 것, 아니 다른 에이스 캐릭터들이 조금씩 나누어 지닌 것들의 총체가 윤대협인 듯하다. 그래서 그의 눈에는 일찍부터 강백호가 보였던 것이 아닐까? 자신에게 일방적인 라이벌 의식을 지니고 있던 황태산도⋯.

정우성이 기술면에서 '완벽'의 에이스였다면, 서태웅은 상대를 통해 발전을 거듭하는 미완의 대기(大器)였다. 윤대협은 통찰력과 인품까지 갖추고 있는 '완전'에 가까웠다고 말해도 될까? 아직 송태섭과 정대만도 등장하지 않은 시기에 '적'으로 등장해 결국엔 북산의 대미까지 조율하는, 북산의 '밖'이었던 중요한 타자. 이노우에 다케히코는 자신의 범주를 넘어선 인물로 소개했지만, 어찌 보면 『슬램덩크』에 직접 참여하고 있는 이노우에 다케히코 자신의 페르소나이지는 않았을까?

신뢰의 라이벌

강백호는 자신의 천재성을 증명해 보이기 위해 맞닥뜨린 모든 에이스 앞에서 오지랖을 떨어 댄다. 그러나 서태웅에게처럼 집착을 보이지는 않는다. 강백호에게 서태웅의 존재는 넘어서야 할 벽이면서도 영혼의 자극제이다. 그런데 강백호가 서태웅만큼이나 집착하는 또 하나의 인물이 바로 윤대협이었다.

"날 쓰러뜨릴 생각이라면 죽도록 연습하고 와라!"

북산과의 연습경기가 끝난 후, 윤대협이 강백호에게 악수와 함께 건넨 말. 그런데 이 말은 나중에 일정 부분 실현이 된다. 윤대협을 향한 적대심이 전부는 아니었지만, 천부적인 운동신경을 기반으로 기본기와 골밑슛 연습도 게을리 하지 않았던 강백호는,

지역예선 마지막 경기에서 다시 만났을 땐 제법 농구선수다운 면모를 갖춘 상태였다. 강백호가 짧은 시간 사이에서 빠르게 성장했음을 확인한 윤대협은 다시 한 번 생긋이 웃어 준다.

'죽도록 연습해 왔단 건가?'

그리고 이 경기의 승부처는 윤대협을 저지한 강백호의 가로채기였다. 서태웅을 등지고 있다가 스핀무브로 제치고 들어가던 윤대협, 그러나 시야에 없었던 강백호가 어디선가 나타나 윤대협의 볼을 가로챈다. 비록 심판은 점프볼을 선언했지만, 이 즈음부터 경기의 흐름이 북산에게로 넘어오게 된다.

서태웅에게 있어서도 윤대협의 존재의미는 영혼의 자극제였다. 전국대회 출전을 확정 지은 후 안감독의 집을 찾아간 서태웅은 미국에 가서 선진 농구를 배우고 오겠다는 속내를 밝히지만, 안감독이 내세운 반대의 근거가 윤대협이었다.

"우리나라에서 최고가 된 후에 가도 늦지 않는다. 넌 아직 윤대협을 이길 수 없다."

곧장 윤대협을 찾아간 서태웅. 전국대회 출전이라는 미지 앞에서 윤대협의 조언을 들으러 간 것이다. 물론 그 조언의 방식은 1대 1 대결이었지만….

안감독은 서태웅의 불안 요소에 대한 해법을 윤대협에서 찾고

자 했다. 더 정확히 말하자면, 이노우에 다케히코의 관성에서 벗어나 있었다는 윤대협에게서 작가가 풀어 나가야 할 이야기의 실마리를 찾고 있었던 것이었을지도…. 내내 절제되어 있는 윤대협의 정서가 처음이자 마지막으로 '관여'를 하는 대상이 라이벌 서태웅이기도 하다. 그리고 윤대협의 조언은 후에 북산과 서태웅자신을 구원하는 크나큰 각성으로 작용한다.

"나타나면 반드시 무언가를 해줄 것 같은 사람."

『드래곤볼』에서 부르마가 손오공을 표현한 말이었다. 시대를 양분했던 『슬램덩크』에서도 이 비슷한 표현이 등장한다.

"윤대협이라면 분명히 뭔가를 해줄 것이다."

능남은 어떤 악재가 있어도 포기하지 않는다. 윤대협이 있었기 때문이다. 감독과 선수, 그리고 응원하는 모든 능남인에게 있어 윤대협의 존재는, 모두의 기대를 저버리지 않는 두터운 신뢰감이었다. 그런데 그 신뢰감은 능남의 구성원들만 기대고 있는 것이 아니었다. 서태웅에게도 윤대협은 신뢰의 라이벌이다.

윤대협이 서태웅에게 들려주었던 조언의 키워드 역시 '신뢰'였다. 윤대협과 서태웅의 결정적인 차이는 신뢰의 성질이기도 하다. 윤대협은 자신을 향한 신뢰만큼이나 팀의 구성원 모두를 신뢰한다. 능남의 선수들에게 에이스의 존재는 가장 실력자인 동시에,

'자신을 알아주는 사람'이며, '자신을 믿어주는 사람'이기도 하다. 자신에게 필요 이상의 라이벌 의식을 지니고 있었던 황태산조차 우정으로 끌어안고, 다른 멤버의 실수를 자신의 잘못으로 돌리며 다독거리는 장면이 그 신뢰의 쌍방향적 케미를 단적으로 보여 준다.

반면 서태웅의 신뢰는 다분히 저 자신에게 전념하는 방식이다. 자기중심적이라는 지적을 받으면서도 늘 성공으로 이어졌기에, 반성적 거리를 확보하지 못했던 자기믿음은, 정우성이라는 거대한 장애물 앞에 가로막히면서 처참히 무너진다. 결국엔 스스로가 해결할 것이라는 믿음 안에서 행해지는 서태웅의 플레이는, 정우성 앞에서의 페이크조차도 정우성에게 선택의 확률을 좁혀 주는 예고에 불과했다. 그런데 이는 정작 정우성도 지니고 있던 문제였다. 그저 서태웅보다 약간 더 앞서 있는 승률이란 점이 달랐을 뿐이다.

서태웅은 윤대협의 조언을 떠올린다. 그리고 자신을 향해 있던 신뢰를 북산의 모든 선수와 나누기 시작한다. 이제 정우성 입장에서는 신경 써야 할 경우의 수가 많아졌다. 그 넓어진 확률 속엔 마지막 피날레였던 강백호의 '왼손은 거들 뿐'도 들어 있었다. 결국 윤대협과의 대화가 슈퍼에이스 정우성을 넘어설 수 있었던 결정적 순간이 되어 준 것. 서태웅으로 행한 윤대협의 농구, 즉 믿음의 농구가 전국 최강 산왕을 무너뜨린다.

仙道 彰

『슬램덩크』에서 농구 이외의 행위를 표상으로 지니고 있는 경우가 윤대협이지 않을까. 실상 윤대협이 낚시하는 모습은 딱 한 장면이다. 센도 아키라(仙道 彰)라는 일본 이름에 걸맞게, 신선처럼 느긋한 윤대협의 캐릭터를 잘 대변한 풍경이었던 것 같기도….

이 장면의 시점은, 북산에게 패하며 전국대회 진출이 좌절된 직후이다. '슬슬 가볼까'의 대사 이후에 윤대협이 어디로 가는지는 그려지지 않는다. 어디로 갔는지를 추측해 볼 수 있는 장면은 한참 후에 등장한다. 정우성과의 대결에서 고전을 면치 못하고 있던 서태웅이 회상한 어느 날과 시점이 겹친다. 안감독의 훈계를 듣고 나와, 곧장 능남고로 찾아갔던 그날이다.

이렇게도 해석해 볼 수 있지 않을까? 윤대협은 낚시를 마치고서 학교로 향해 가는 중이었고, 서태웅은 윤대협이 학교에 없다

는 사실을 확인하고 돌아 나오는 중이었다. 그리고 능남고 앞의 철길 건널목에서 마주친 것.

그러니까 낚시 장면은 전국 최강 팀의 슈퍼 에이스 앞에서 무너지게 될 서태웅을 위한 복선이었던 셈. 당시 주간만화잡지에 실렸던 1회 연재 분량으로 대강 계산해 본다면, 대략 1년 반 전즈음에 미리 심어 놓았던 것이다. 윤대협은 그렇게 부둣가로부터 서태웅에게로 천천히 걸어오고 있었다. 처음부터 그런 의도로 미리 그려 넣은 장면인지는 모르겠으나, 결과적으로 이노우에 다케히코는 세월의 낚시를 드리우고 있었다. 『슬램덩크』가 낚아 올릴 또 한 번의 월척을 기다리며….

블로그에 이 글을 썼더니, 낚시할 때와 서태웅을 마주쳤을 때의 윤대협이 입은 상의가 다르다는 댓글이 달렸었다. 보충 설명을 해보자면….

이 낚시 장면이 어디에 그려져 있는가 하면, 서태웅이 안감독 집을 찾아가서 미국행에 대한 조언을 듣는 장면과, 전철역까지 태워다 준 안감독 부인에게서 죽은 조재중 선수에 대한 이야기를 듣는 장면 사이에 교차 편집이 되어 있다. 함께 교차가 되는 장면이 이정환을 따라나서 전국에서 노는 선수들을 확인하는 강백호다. 모두가 같은 시간대에 진행되고 있던 일들이라는 것.

정우성과의 대결에서 서태웅이 회상한 사건이 이날 있었던 윤대협과의 1대 1 승부 아니던가. 윤대협이 낚시대를 둘러메고서 조리를 끌며 학교 체육관으로 향하진 않았을 터, 집에 들러 가방을 챙기고 옷을 갈아 입었다는 정도는 상상해 볼 수 있는 일 아닐까? 1대 1 승부에서 서태웅의 옷이 나시티로 변해 있다고 해서, 이걸 다른 날에 있었던 사건으로 이해하진 않을 게다. 겉옷을 벗은 것뿐이지.

08

왕자(王者)의 에이스

1인자의 카리스마

강백호의 공식적인 데뷔전이었던 지역 예선 첫 경기. 밤잠을 설쳐 가면서까지 고대한 기념비적인 사건이었지만, 기념비적 가치는 강백호의 것이라기보단 그를 제외한 모든 농구인들의 것이었다. 5반칙으로 일찌감치 퇴장을 당하고 마는 강백호, 다섯 번째 반칙은 자신이 천재란 사실을 입증해 보이고자 한 과욕이 불러일으킨 참사였다. 혼신의 힘을 담아 상대팀 주장의 머리통에서 산산이 부서뜨린 이름이여! 선 채로 이 자리에 돌이 되어도 부르다가 내가 죽을 이름이여! 설움에 겹도록 불러 젖힌 그 이름이여! 그 놈의 슬램덩크가 또 엉뚱한 곳에 작렬했다.

바닥에 쓰러져 거품을 물고 있는 상대편 주장. 일전에 같은 참사의 피해자가 되어 본 적이 있는 채치수의 소리 없는 아우성. 아! 님은 갔습니다. 그런데 님이 가기 전, 님의 입에서 흘러나왔던 이름은 해남의 이정환이었다. 북산 '따위'는 안중에도 없다는, 자신들의 평가절상을 위한 바로미터로 언급된….

앞서 한 차례 연습경기를 가졌던 능남의 선수들은 관중석에서 북산의 경기를 관전 중이었다. 강백호의 시점을 따르는 독자들이 이제 막 능남과 윤대협에게 익숙해지고, 장차 펼쳐지게 될 서태웅과 윤대협의 라이벌 구도를 예상하고 있을 즈음, 느닷없이 끼어든 해남의 존재는 또 다른 구도에 대한 암시였다. 해남 앞에 붙은 '왕자(王者)'라는 수식만으로도, 북산이 넘어서야 할 이 지역의 끝판왕이라는 사실 정도는 짐작할 수 있었다.

그러나 이노우에 다케히코는 끝판왕을 미지의 자리에서 기다리게 하지 않았다. 해남의 주축들 역시 이 경기를 관전하러 왔던 것. 이때까지만 해도, 아니 해남과의 명승부가 북산의 패배로 결론지어질 때까지도, 『슬램덩크』의 후반부를 북산과 함께 이끌어갈 인물이라고는 상상도 못 했던, 이정환의 베일이 벗겨지는 순간이기도 했다.

이정환의 등장은 말풍선에 담긴 목소리부터였다. 그도 북산이 아닌 윤대협을 향한 것. 다른 팀들의 전력을 관전하고 있는 팀원들과 달리, 자판기에서 음료수를 뽑아 마시고 있는 윤대협의 느긋함을 비집고 들어온 음성. 윤대협은 누구의 목소리인지를 대번에 알아채고 고개를 돌린다.

북산을 이야기의 바깥에 방치해 둔 채, 경기장의 한 구석에서 '은밀하게 위대하게' 이루어진 '비북산'의 만남은, 돌아보면 상당히 의미가 있는 장면이다. 북산의 '밖'이면서 부단히도 북산에 영향을 끼치는 두 중요한 타자의 만남이었다.『슬램덩크』의 전반에서는 윤대협의 존재감이 앞선다. 실상 지역예선에서 해남보다도 나중에 배치된 능남과의 결전은, 실질적인 끝판왕이라는 윤대협의 존재감을 단적으로 보여 주는 작가의 의도이기도⋯. 전국대회의 일정으로 진행되는 후반부에서는 이정환의 존재감이 넓은 시간대에 산포되어 있다.『슬램덩크』에서 북산을 관찰자로 밀어냈던 단 하나의 경기, 즉 능남 대 해남전은 이 두 중요한 타자의 바통터치이기도 했던 셈이다.

애늙은이

"북산 제일의 스피드를 자랑하는 송태섭을 제치고, 북산 제일의 파워를 자랑하는 채치수와 맞붙어서 슛을 성공시켰어."

도무지 '결핍'이라곤 느껴지지 않는, 모든 것을 두루두루 갖춘 이정환의 역량. 그야말로 마지막 스테이지에서 기다리고 있는 끝판왕다운 포스다. 무대가 전국대회로 옮겨지면서, 이정환이 도리어 왕자라고 칭하는 산왕의 에이스 정우성이 등장하지만, 범접할 수 없는 끝판왕의 이미지는 단연 이정환의 것이다. 그래서였을까?『슬램덩크』에서 이정환은 블로킹을 한 차례도 당하지 않는다. 이노우에 다케히코는 그 정도로 이정환을 지켜 주고 있다.

승부에 관한 한 아무리 약한 상대일지라도 결코 빈틈을 용납하지 않으며, 상대의 빈틈에도 결코 자비를 베풀지 않는 철두철미. 해남의 남진모 감독이 평가한 이정환은 정상의 자리에서도 엘리트 의식에 젖지 않는 성실함의 표상이다. 그러나 어떤 상대 앞에서도 해이해지지 않는 1인자다운 자기관리 이면에는, 여간해선 상대를 인정하지 않는 고집스러움도 지니고 있다.

"아직 어려."

이정환의 말버릇. 실상 그의 앞에서는 웬만하면 어릴 수밖에 없기도 하다. 첫 등장에서 이정환이 입고 나온 의상이 교복인지 신사정장인지가 모호할 정도로 그의 얼굴은 노안이긴 하다.

"당신, 몇 살이야?"

자신을 마크하러 다가온 이정환에게 강백호가 던졌던 뜬금없는 질문. 이 번뜩이는 유머 코드의 무게 중심은, 이정환에게 도발을 일삼는 강백호의 엉뚱함보다도, 풋내기의 쓰잘데기 없는 질문에 굳이 반응을 하고 앉아 있는 '천하의' 이정환이다. 강백호의 성향을 감안한다면 고도의 심리전을 의도한 것도 아닐 터, 짐짓 당황한 모습의 이정환 혼자서 심리전에 말린 형국이다.

"겉늙어 보이는 건 오히려 채치수 쪽이지!"

최고라는 수식 앞에서 누구도 감히 대놓고 말할 수 없었던 사실, 그러나 이정환 스스로도 알고 있었던, 그렇게 비밀도 아닌 진실. 그것이 '천하의' 이정환이 지닌 유일한 콤플렉스였다는 사실을 강백호가 까발렸다. 누구도 감히 입에 담을 수 없었던 진실을, 굳이 확인시켜 주고야 마는 강백호의 패기발랄. 임금님 귀는 당나귀 귀이고, 이정환은 '애늙은이'라는….

언어는 사고를 지배한다. 동시에 사고를 반영한다. 이정환의 말버릇인 '아직 어려'는 사고의 연장으로 뻗어 나오는 언어이기도 하다. '노안' 이정환은 언제나 전지적 어른 시점이다. 그리고 현실에서 일반적인 어른들이 자주 겪는 오류를 똑같이 범한다. 자신이 겪은 시간들에 대한, 자신이 아는 것들에 대한 확신이 그것이다. 때문에 No.1에 부합하는 안목과 실력을 갖추고서도, 자신의 경험치를 비껴가는 의외성 앞에 무방비로 놓이는 모습도 포착된다.

'아직 어린' 서태웅에게 태어나 한 번도 겪어 본 적 없는 화려한 일격을 당하기도 하고, 한낱 풋내기라고만 생각했던 강백호 앞에서 주체할 수 없도록 끓어오르는 1인자의 승부욕에 도리어 자신이 낯설어질 판이다. 약팀이라고 판단했던 북산과의 경기에서 이정환이 얻은 것은 별로 없다. 어차피 이길 것이라고 생각했던 경기를 고전 끝에 이긴 것일 뿐, 자신의 네임벨류는 되레 서태웅과 강백호의 레벨을 격상시켜 주고 말았다.

이런 '어른의 오류'는 자신이 겪은 경험으로 아직 겪어 보지 못한 것들을 예단하는 데 그치지 않는다. 익히 알고 있다고 생각하는 것들에서조차 오류가 발견된다. 이정환은 그런 오류를 윤대협과의 맞대결에서 깨닫는다. 유명호 감독 이하 능남의 모든 선수들은 윤대협을 신뢰한다. 그는 분명 이정환을 능가하는 그릇이라는 확신에도 주저함이 없다. 이정환은 윤대협을 인정하면서도, '아직은 멀었다'는 평으로 일관한다. 그러나 자신의 생각과는 달리, 윤대협은 이미 아주 가까운 곳에 다가와 있었다.

해남과 능남의 경기, 게임 종료까지 단 몇 초를 남기고서 공을 스틸 당한 이정환. 그 공을 건네받은 윤대협이 골대를 향해 내달

린다. 점수는 단 2점차, 동점을 막기 위해 윤대협의 뒤를 바짝 따라붙는 이정환. 윤대협의 도약과 거의 동시에 이루어진 이정환의 도약. 이대로라면 이정환이 충분히 블로킹을 할 수 있는 타이밍이다. 그러나 이정환은 이토록 쉽게 따라잡힌 윤대협에게서 무언가 석연치 않은 시나리오를 읽어 낸다. 따라잡은 자신의 속도가 빨랐다기보단 윤대협이 일부러 속도를 늦추어 따라잡힌 느낌이다. 해남보다는 선수층이 얇고 변덕규까지 퇴장당한 상황에서의 연장전은 능남에게 승산이 없었다. 윤대협은 마지막 찬스에서 이정환을 상대로 바스켓 카운트까지 얻어냄으로써 승부를 결정지으려 했던 것.

'내가 윤대협이라면…'

윤대협의 수를 간파한 자신이 기특하기에 앞서, 윤대협이 이미 자신처럼 생각하고 행동하는 수준에 올라서 있다는 사실이 충격적이다. 보다 충격적인 사실은 '아직 멀었음'을 누차 강조해 왔으면서도, 윤대협에게 자신을 이입하고 있는 이정환 스스로에 대한 것이 아니었을까? 결국 윤대협의 도약은 덩크로 이어졌고, 이정환은 블로킹을 하지 않은 채 뻘쭘히 바닥으로 내려앉는다.

그런데 이 상황은 보다 앞서 일어난 윤대협과 이정환의 심리전의 연장선이기도 하다. 이정환의 패스를 가로챈 윤대협은 단독

속공의 기회를 덩크로 마무리하려고 했다. 그러나 득달까지 따라온 이정환에게 블로킹을 당한다. 이정환은 윤대협에게 자신을 상대로 결코 덩크를 성공시킬 수 없을 것이란 호언을 늘어놓고, 윤대협은 이 경기 중에 반드시 한 골은 덩크로 성공시키겠다는 차분한 장담으로 응수한다. 결국엔 장담이 호언을 이긴 셈.

이들의 심리전은 관중석에 있던 김수겸의 눈에도 들어온다. 김수겸 역시 윤대협의 마지막 시나리오를 읽어 냈다. 그의 대담함에 박수를 보내면서도 그 향연에 끼이지 못한 자신의 시선이 서글프기만 하다.

'내가 없는 곳에서의 No.1 다툼은 하지 마라!'

2인자 김수겸의 눈에도, 윤대협이란 존재는 No.1 다툼의 새로운 판도를 제시하고 있었다.

먼저 가본 사람

지역의 No.1은 끝판왕의 위치이면서도, 그 끝에서 북산과 전국으로의 여정을 함께 시작하는 동료이기도 하다. 전국대회 진출을 확정 지은 두 팀은 더 이상 서로에게 경쟁의식을 소모할 관계가 아니다. 해남과 북산이 다시 맞붙으려면 먼저 전국 4강에 들어야 하는 대진, 그전까지는 지역의 대표로써 서로를 응원하는 입장이다. 그리고 전국무대를 먼저 밟아 본 이정환의 경험은, 초행길을 떠나는 북산의 가이드로서 이야기의 한 축을 담당하게 된다.

예선이 아직 끝나지 않은 다른 지역 팀들의 전력을 둘러보기 위해 열차를 타러 가는 중이었던 이정환과 그를 따라나선 전호장은, 거리에서 우연히 강백호와 마주치게 된다. 아니나 다를까. 많은 사람들이 오가는 거리 한복판에서 또 한바탕 무의미한 설전을 벌이기 시작하는 강백호와 전호장. 이정환은 쓸데없는 소모전으로 시간만 낭비하는 전호장의 머리를 쥐어박으며 발길을 재촉한다.

"애늙은이, 어디 가는 거지?"

강백호는 이정환이 어디를 저토록 서둘러 가는 것인지가 궁금하다. 지역 내 1인자의 행보는 풋내기 강백호에게도 관심사였다. 그가 가는 곳에는 분명 자신이 모르는 무언가가 있을 것이라는 전제가 깔린 호기심, 강백호의 생각은 그렇게 틀리지 않았다.

자신에게 관심을 갖는 강백호가 의외다 싶어, 의아한 표정으로 돌아보는 이정환. 자신을 졸졸 따라다니는 전호장을 가뜩이나 귀찮아하고 있었지만, 귀찮기로는 전호장보다 몇 배 더 귀찮을 강백호에게 넌지시 자신과의 동행을 제안한다.

"너도 미리 봐둘래? 전국에서 노는 녀석을…."

어제의 적이었던 이정환의 인도로 강백호는 북산의 다른 동료들보다 먼저 '전국'을 구경하고, 지역의 1인자를 넘어 전국구 스타로서의 이정환의 위상을 확인하게 된다. 강백호에게는 그저 타도와 질시의 대상이었던 각 팀의 에이스들 중 유일하게 강백호의 '선망'으로 돌아선 존재감이기도 하다.

해남과의 경기에서 발목을 다쳤던 채치수와 병원에서 치료 중인 안감독의 안부를 강백호에게 묻는 이정환, 경기장 밖에서 마주한 1인자의 위용은 경기장 안에서처럼 차갑지는 않다. 언제 적의를 품었나 싶을 정도로 자상하면서도, 도통 모르는 게 없는 동네 아는 형과도 같은 푸근함. 서태웅에게 먼저 다가와 풍전의 '에이스 킬러' 남훈에 대한 조언을 들려준 이도 이정환이었다.

전국 무대의 모든 팀이 낯설 수밖에 없는 북산에게는 이정환이 바로미터이기도 했다. '전국 최강'이라는 산왕과의 경기를 앞두고서 산왕의 전력을 분석하는 자료 역시, 작년 4강전 녹화영상 속의 이정환이다. 영상에 담긴 이정환의 활약상 정도로 전국 최강의 클래스를 간접적으로나마 경험하는 북산 선수들의 대화 속에는, 그렇게도 자신들을 괴롭혔던 이정환에 대한 애착이 묻어난다.

북산에게 있어 이정환은 자신들이 가야 할 길을 먼저 걸어가 본 '선배'였다. 때론 그가 알고 있는 것들이 틀렸음을 입증하려 부단히 노력해야 했고, 때론 그가 알고 있는 것들을 통해 새로운 많은 것들을 알 수 있었다. 후배들에게 있어 선배는 그런 존재이지 않을까? 가고자 하는 길의, 살고자 하는 삶의 지침서이면서도, 그를 넘어서는 것으로써 나를 증명해야 하는 과제이기도 한….

09

시선의 변증법

2인자의 미학

애초에 '잘생긴' 설정이었던 서태웅의 외모에 대한 차별화는 시선을 매개한다. 서태웅을 향한 여학생들의 시선이 외모의 위계를 가르는 반응이다. 반면 그런 시선의 공증을 필요로 하지 않은 경우가 바로 상양의 김수겸이다. 격렬한 스포츠와는 조금 동떨어진, 마치 순정만화의 주인공 같은 외모. 이노우에 다케히코 자신도 의식하고 있었는지 모르겠지만, 작가 특유의 유머 코드에서 유일하게 비껴간 미학의 결정체이기도 하다.

『슬램덩크』에 등장하는 캐릭터들은 강백호에게 그 존재감을 인정받지 못하면, 출연 지분이 보장되지 않는다. 감독의 역할을 수행하다가 선수로서 코트에 들어선 김수겸을 '후보'로 명명한 강백호. 김수겸은 한 팀의 에이스치고는 강백호에게 그닥 관심을 받지 못한 케이스다. 그러나 전국대회로 배경이 옮겨진 이후에도, 풍전고의 남훈에게 '에이스 킬러'라는 오명을 안겨 준 장본인으로 거론되며 재등장할 정도로 그 존재감이 미미하지만은 않다.

북산의 성장에 참여하는 중요한 타자, 윤대협과 이정환에 비하면 적은 분량이지만, 전국의 무대를 경험했던 강자로서의 면모는 간간이 언급된다. 농구 실력도 실력이지만, 김수겸의 외모 그 자체가 시선을 사로잡기 충분한 존재감이다 보니, 지역 예선에 머물게 하기는 아까웠을 법도 하다.

강자의 시선

감독의 역할까지 겸하고 있던 상양의 에이스 김수겸은, 애초에는 자신이 직접 선수로 나서지 않아도 될 경기라고 판단했지만, 북산은 예상과 달리 강팀의 면모를 갖추고 있었다. 북산은 이미 채치수 혼자서 고군분투하던 예전의 원맨팀이 아니었다. 지역의 No.2라는 수식을 탐탁지 않아 했던, 여느 해와 다름없이 No.1을 꿈꾸는 올해의 상양이었지만, 선수들의 얼굴엔 당황한 기색이 역력하다.

"꼴사나운 얼굴 하지 마라! 해남이 보고 있다."

감독의 임무에서 벗어나 선수로 돌아온 김수겸이 동료들을 고무시킨 동력은, 이 경기를 관람 중이던 라이벌의 시선이다. 북산과의 경기에 온 정신을 집중하느냐 추스르지 못했던 당혹감, 그러나 김수겸의 한마디에 상양의 선수들은 해남의 시점으로 스스로를 돌아본다.

저들이 보는 앞에서 이렇게 꼴사나운 모습으로 무너질 것인가? 상양의 결의는 해남과 동등한 강자의 모습으로, 자신들을 향한 시선 앞에 당당해지는 것이었다. 김수겸은 당장에 마주한 북산이 아닌 저 너머의 해남을 의식하고 있다. 북산에 대한 편견과 함께하는 강자의 오만일 수도 있지만, 김수겸은 그만큼 자신의 팀원들을 믿는다.

북산을 이기고 난 뒤에 다시 한 번 왕좌를 놓고 격돌해야 할 라이벌의 시선 앞에서 초라함의 잔상 따위는 남기고 싶지 않다. 해남이 지켜보고 있기 때문에, 북산을 향한 상양의 승부욕은 더욱 불타오른다.

김수겸에 대한 이정환의 감정은 애증이 한데 섞인 복잡함이다. 전통의 강호라는 명예를 걸고서, 1학년 때부터 지역의 맹주 자리

를 놓고 서로를 마주해야 했던 라이벌. 또한 '이정환, 김수겸의 시대'라는 찬사를 등에 업고, 같은 곳을 바라보며 전국 무대를 함께했던 동료애. 이정환의 경험 속에 가장 많은 지분을 차지하는 선수이며, 이정환이 자신과 동급으로 인정하는 유일한 선수가 김수겸이기도 하다.

그렇기에 북산이란 의외의 복병에게 무너진 김수겸을 대하는 이정환의 마음은 다소 착잡하다. 수성(守成)을 위협하는 가장 큰 축이 무너졌다는 안도감이 솔직한 심정이면서도, '이정환, 김수겸의 시대'의 공동 주연으로서, 다시 한 번 함께 전국 무대를 밟아보고 싶었던 아쉬움의 감정이 이정환의 주위를 맴돌고 있었다.

바람이 분다

『슬램덩크』에서 관람석은 이야기 전개에 있어 중요한 매질이다. 직접 경기에 참여하는 선수들의 말풍선에 다 담아낼 수 없는 서사를 부연하는, 또 하나의 의식이다. 북산에게 패배한 이후, 김수겸의 시선은 관객의 자리로 밀려난다. 더 이상 코트 안에서의 이야기는 허락되지 않는다. 강자의 시선도 약자의 시선도 아닌,

경쟁의 구도에서 밀려난 3인칭 시점이다.

"보고 싶지 않아. 해남의 승리도, 패배도…."

동료들과 해남 대 북산의 경기를 보러 왔던 김수겸은 경기장 앞에서 발길을 돌리고 만다. 더 이상은 나와 관련 없는 승부를 지켜보는 것이 나에게 무슨 의미가 있을까? 공허함의 무게로 떨군 김수겸의 머리 위로 바람이 분다. 그의 고운 머릿결에 잠시 머물다 세상의 풍경으로 흩어지는, 손에 잡히지 않는 바람 한 점. 각자의 꿈을 위해 열정을 불사르는 땀방울들이 여전히 코트를 적시고 있지만, 이제 김수겸은 그 열정들 곁에 잠시 관객의 시선으로 머무는 바람이다. 열정의 불꽃들이 더욱 격렬하게 타오르도록 환호하고 탄성을 내지르는 숱한 시선들 중 하나일 뿐이다.

김수겸의 쓸쓸한 대사가, 어느덧 중년이 된 팬들의 마음에 공명하는 건, 언제고 이와 비슷한 상황에 처했던 경험이 누구에게나 있기 때문일 터. 인과와 상관 너머에서 그저 바라볼 수밖에 없는, 이제는 나와 전혀 관계없는 이야기들. 그러면서도 또 결과는 궁금한…. 이별 후에도 여전히 털어 내지 못한 미련의 시선 같은 것. 보고 싶지 않다. 그 사람의 행복한 모습도, 불행한 모습도…. 그럴 바엔 차라리 행복하란 말을 전하는 쿨한 모습을 보였어야 하는데, 나보다 먼저 행복해지는 모습을 보고 싶지 않은 못난 마음마저도 내 진심이다. 승부에 참여조차 하지 못하는 숱한 시선들의 심정이 그렇지 않던가. 누가 이기고 진들 그게 나와 무슨 상관이란 말인가? 차라리 누구도 이기지 못했으면 하는, 차라리 세상 사람 모두가 나와 같은 시선의 입장에 멈추어 있길 바라는 못난 마음마저도 어쩔 수 없는 내 진심이다.

김수겸의 그런 공허한 마음으로 바람이 불고 있었다.

10

강백호의 거울들

강백호에게 안긴 굴욕

해남전 패배에 대한 자책감으로 학교 밖을 방황하던 강백호는, 동네 공터에서 농구를 즐기는 한 무리를 먼발치로 바라보고 있었다. 그들의 발뒤꿈치에서 이는 흙먼지 사이로 다시금 떠오르는 해남전에서의 결정적 실수, 백호는 아직도 괴롭다.

번민 안으로 걸어 들어온 낯선 귀찮음. 그 무리 중 누군가가 다가와 자신을 부른다. 짜증을 불러일으키는 것들은 언제나 기가막힐 타이밍의 눈치 없음으로 다가온다. 가뜩이나 이도저도 귀찮은 마당에, 아무리 먼발치라지만 사람을 봐가면서 오라 가라 해야지. 더군다나 툭 건드리면 바로 눈물이 쏟아질 심정의 강백호가 그 귀찮음에 곱게 반응할 리 없었다.

동네 공터에서 잠시 스친 인연은, 지역 예선 마지막 경기에서 각 학교를 대표하는 선수로서 다시 마주하게 된다. 재회의 인사는 강백호를 제치고 들어간 황태산의 드라이브 인(drive in)이었다. 너무도 간단히 길을 열어 주고 만 강백호, 첫 만남도 그리 유쾌하지 않은 기억인데, 이젠 굴욕까지 당했다.

"이봐, 너! 안심하지 마!"

늘 그래왔듯, 반 토막 혀로 상대를 도발하는 강백호. 이런 강백호의 언행은 같은 팀에서조차, 이해되어졌다기보다는 포기되어졌다고 해야 맞다. 황태산은, 이젠 모두가 그러려니 하는 강백호의 무례함에 새삼스레 제동을 건다.

"내가 한 살이 많으니까 존댓말을 써라!"

강백호에게 예의란 걸 따져 묻는 일 자체가, 황태산이 얼마나 농구계를 떠나 있었는지를 여실히 보여 주는 사례이기도 하다. 이 바닥에선 이미 무례하기로 정평이 나 있는 강백호에게 도대체 뭘 바라고서….

능남의 유명호 감독은 도리어 일일이 응대를 하고 있는 황태산을 지적한다. 원래 이상한 애니까, 그냥 무시하고 게임에나 집중하라고…. 그러나 황태산도 뭘 바라고 응대의 말을 건넨 건 아니다. 그냥 그런 태도가 거슬렸던 것뿐이다.

황태산이 강백호에게 관심을 보이는 건, '윤대협이 인정한 녀석'이었기 때문이다. 강백호의 스피드, 탄력, 파워를 직접 겪어 보면서 윤대협의 의견에 어느 정도 동의를 하게 된다. 강백호의 진가를 인정한 동의는 곧 강백호를 철저히 무너뜨리겠다는 다짐이기도 했다.

해남과의 경기에서처럼, 북산의 경기에서도 능남의 전략은 황태산을 활용하는 공격 일변도였다. 그러나 해남과의 경기 때와는 맥락 자체가 다르다. 관건은 황태산의 득점능력이 아닌 황태산을 마크하고 있는 강백호의 수비능력이다. 부족한 경험치가 수비 상황에서 더욱 드러나는 강백호를 구멍으로 규정한 것.

"널 깔보고 있다."

강백호가 읽지 못하고 있던 게임의 흐름을 서태웅이 알려 준다. 무시를 당해도 뭘 제대로 알고 있어야 자각도 가능한 법, 모르려면 끝까지 몰라야 긍정의 힘도 유효하다. 강백호를 엄습한 이중의 굴욕감은, 남들은 이미 한참 전부터 알고 있던 것을 지금껏 혼자만 모르고 있었다는 굴욕으로 아울러 깨닫는, 자신이 이미 한참 전부터 굴욕을 당하는 중이었다는 사실이다. 자칭 천재라는 우격다짐으로도 도저히 착각이 되지 않는, 경험이 절대적으로 부

족한 강백호의 현실이기도 했다. 잇대어지는 또 하나의 굴욕감은, 도저히 그 굴욕감에서 헤어 나올 방법이 없다는 사실이었다.

한 움큼으로 움츠러든 강백호의 자신감을 압박해 오는 황태산의 파이팅, 그리고 이어진 스틸. 곁에 있던 윤대협이 공을 줍고, 그 사이 황태산은 골대를 향해 전력으로 내달린다. 공을 빼앗긴 강백호는 황급히 황태산의 뒤를 쫓는다. 윤대협의 드리블에 이은 고공 패스, 황태산의 도약, 그리고 그림 같은 앨리웁. 한 박자 늦은 강백호의 도약은 블로킹을 위해서라기보다는 그저 어떤 의무감이었다 싶을 정도로 무기력하다. 그저 황태산의 플레이를 화려함으로 완성해 주는 배경에 지나지 않는다. 이미 중층의 두께로 조여 오는 굴욕에 허덕이고 있건만, 착지 동작에서 발이 미끄러져 골대 뒤의 기자석으로 꼬꾸라지기까지 한다.

"이제 알았느냐? 나의 승리다. 강백호!"

주저앉아 있는 강백호에게로 다가와 기어이 확인 사살을 하고야 마는 황태산. 그를 올려다보는 강백호의 이마에서 피가 흐른다. 『슬램덩크』를 통틀어 가장 불쌍하게 그려진 강백호의 눈망울, 그 모습을 안쓰럽게 지켜보던 한 사람은, 아무도 인정하지 않는 강백호의 잠재력을 일찍부터 알아본 윤대협이다. 강백호를 향한 그의 독백엔 어떤 애잔함마저 묻어난다.

"어떠냐? 강백호! 황태산… 굉장한 녀석이지? 너처럼 성장이 빠르고 너처럼 무대뽀다."

유명호 감독의 기억 속에서도, 입학 당시 황태산의 모습은 사뭇 강백호와 닮아 있다. 가장 형편없는 실력을 지녔으면서도, 이상하리만큼 윤대협에게 라이벌 의식을 느끼는 황태산을 도통 이해할 수 없었다. 그러나 서태웅과 강백호의 애증 구도와는 달리, 윤대협은 황태산의 가능성을 진즉부터 알아봤고, 황태산 역시 윤대협을 시기하거나 질투하지 않는다. 윤대협은 황태산을 믿고, 황태산은 윤대협을 믿는다.

그렇기에 윤대협이 인정했다는 사실 하나만으로, 아직은 풋내기 티가 철철 넘쳐흐르는 강백호와의 대결에, 황태산은 성실하게 그리고 단호하게 임한다. 윤대협이 강백호를 인정한 이유는, 그저 무지와 무모로 날뛰는 풋내기에 대한 스타플레이어로서의 동정이 아니었다. 윤대협은 강백호에게서 황태산을 봤던 것. 타고난 운동신경과 집념으로 우겨 넣다시피 하는 파워 플레이가 서로 닮아 있었다. 윤대협의 눈에 비친 강백호는 황태산의 과거였다.

서로가 다른 능력으로 조명을 받는다면 그것은 각자의 '차이'일 수 있으며, 우열의 판단을 비껴갈 수 있는 변명의 여지라도 주어진다. 그러나 같은 능력치의 같은 스타일이 맞붙은 대결에서는 분명한 우열이 가려질 수밖에 없다. 변명의 여지도 없을 만큼 완벽한 패배, 지혈을 위해 코트 밖으로 나와 바닥에 드러누운 강백호는 신음소리조차 내지 않는다. 분한 마음에 공명하는 전율만이 온몸을 휘감고 있을 뿐이다. 체육관에 가득 울리는 함성이 자신을 향한 것이 아니라는 사실에 더욱 분해 죽을 지경이다.

황태산 역시 강백호에게만은 지고 싶지 않았을 것이다. 자신의 과거 앞에서의 패배는, 코트를 떠나 농구를 그리워했던 시간들을 퇴색시키는 결과일 수 있기에…. 어쩌면 그랬기에 강백호의 무례함이 더욱 눈에 거슬렸는지 모른다. 그래서 더욱 이기고 싶었던 북산과의 결전이었을 것이다.

그러나 결국엔 능남이 패배한다. 울음을 꾹꾹 눌러 참던 황태산은, 변덕규가 흘리는 눈물을 보고 이내 따라 운다. 북산만큼이나 강백호만큼이나 열심히 달려온 시간, 떠나 있던 시간만큼이나 남들보다 곱절로 간절했던 소망은 끝내 이루어지지 않았다. 힘들었던 지난날들을 보상받을 수 있을, 방황의 날들을 성장통의 과정으로 회상할 수 있을, 나도 그런 감동적인 스토리 속의 주인공이고 싶은데, 누군가의 극적인 반전을 위해 나오는 엇갈려 가는 서사를 그저 지켜볼 수밖에 없다. 신화를 만들어 가는 중인 열정들의 곁불을 쬐고 있을 수밖에 없는, 다시 한 번 조연이다.

그런 게 또 삶이라는, 결코 아름답지 않은 진리를 인정하며 아름다운 한 조각의 추억으로 돌아보기까지는 많은 시간이 필요할 것이다. 그러나 황태산만이 짊어지고 가야 하는 잔인한 운명은 아닐 터. 저마다의 열정과 최선이었음에도 북산에게 좌절을 맛봐야 했던 모든 팀들에게도 또한 그런 게 삶이었다. 그리고 모두가 약체라고 얕봤던 설움 속에 이루어 낸 감동을 도중에 멈출 수밖에 없었던 북산에게조차도, 또한 그런 게 삶이었다.

자뻑의 향연

강백호가 스스로를 반추해 볼 수 있는 타자, 그러나 정작 강백호 자신은 자각하지 못하는, 남들이 보기에는 '똑같은 놈들'인 자뻑의 캐릭터. 황태산이 체격과 경기 운영 면에서 강백호와 닮아 있다면, 전호장은 성격 면에서의 거울이다. 넘쳐나는 자기애는 항상 남들 앞에 나서기를 좋아하며, 자신의 능력을 넘어선 영광을 욕망한다.

도발을 일삼음으로써 자신의 존재감을 확인하려 든다는 점에서도, 강백호와 같은 병리적 나르시즘의 전형이라고 할 수 있다.

강백호의 증세가 '천재'에 대한 집착으로 드러난다면, 이에 대응하는 전호장은 그 증세가 '슈퍼 루키'라는 차이 정도만이….

전호장이란 캐릭터에 대한 명쾌한 정리(定理)가 이루어진 것은 능남의 변덕규에 의해서이다. 상양과의 경기에서 예상 밖의 선전을 펼치고 있는 북산의 면모를 관전한 전호장은, 이정환에게 이 사실을 보고 하기 위해 대기실로 달려간다. 그러나 특유의 덜렁댐으로 잘못 찾아 들어간 곳은 능남의 대기실이었다.

당황스러워하는 능남의 선수들의 당연한 반응 앞에서, 저 자신도 당황스러워하던 잠깐을 밀어내는 특유의 뻔뻔함. 자신이 '슈퍼 루키'라는, 아직은 검증되지 않은 '가설'로 주접을 떨어 대는 전호장에 대한 변덕규의 소회는, '이런 무례한 녀석은 강백호 이후 처음이군!!'이었다. 무례함의 바로미터인 강백호, 그에 못지않은 무례함인 전호장. 두 무례함이 맞부딪히는 순간, 서로의 무례함을 결코 용납하지 못한다. 그 무례함이 늘상 타인에게 행해지고 있는 자신들의 모습이건만….

'타도 서태웅'이라는 공동의 목표는 결코 서태웅을 에이스로 인정하지 않지만, 열등감으로 똘똘 뭉친 승부욕은 곧잘 이노우에 다케히코의 유머 코드의 희생량(?)이 되어 서태웅의 이미지만을 격상시킨다는 점에서도 서로는 서로에게 거울이다. 하지만 서로가 서로의 모습이란 사실을 인정하지 않는다. 서로의 플레이를 멋있는 척을 하고 싶어 안달인 풋내기의 속성으로 폄훼하며 서로를 향해 으르렁대지만, 실상 서로가 서로의 심리를 너무나 잘 알고 있다. 그래서 자신보다 먼저 실현된 멋있는 척을 용납할 수 없다.

질투란 그런 심리다. 타인이 이루어 낸 성과를 폄훼하고 부정하지만, 폄훼와 부정의 원인은 상대의 과시욕 이전에 자신의 과시욕이다. 나 역시 그만한 능력과 자격은 충분하지만, 너는 나보다 운이 좋았을 뿐이라며, 자신의 열등감을 숨기고 상대방의 결점을 드러내려는 심리. 설사 폄훼하고 부정하는 것이 정말로 타인의 과시욕이었을지라도, 막상 내게 허락되면 거부하지 않는 가치. 자신을 기준으로 상대를 읽고 있으면서도, 스스로를 읽지 못하는 자뻑의 향연 속에, 겸손과 객관이 들어설 자리는 없다.

전호장이 강백호와 달랐던 점은, 지역의 맹주 해남의 스타팅멤버라는 입지가 증명하듯, 농구에 대한 이해와 기본기가 강백호에 앞서 있다는 것. 강백호의 호기가 납득할 수 없는 자신감이라면, 전호장의 그것은 어느 정도 공증에 기반하는 자신감이다. 승부에 쐐기를 박는 슬램덩크를 성공시킴으로써 반드시 자신이 승리의 주역으로 거듭나야 한다는 강백호의 강박과는 달리, 전호장의

포부는 해남의 일원으로서 맡은 임무를 완벽히 수행하는 것이다. 그런데 그 임무가 자신이 '사상 최강'의 화룡점정이 되는 것이다.

하지만 지역의 대표라는 공통분모가 각자의 자뻑을 동료애로 승화시키기도 한다. 이정환을 통해 미리 구경해 본 전국구의 판세, 강백호는 호기심 많은 아이마냥 들뜬 마음으로 이정환을 따라다닌다. 전호장 역시 강백호와 나란히 이정환 뒤를 따른다. 강백호의 곁에서, 강백호와 같은 들뜬 마음으로, 강백호가 본 것을 함께 본 전호장은 강백호와 '처음'을 나눈 사이이기도 하다.

전국 최강 산왕과의 경기에서 고전을 면치 못하던 북산, 고전이라기보다는 거의 묵사발이 되어 가고 있는 무기력을 관전하던 전호장의 입에서는 자신도 예상치 못한 동료애가 터져 나온다.

"서태웅! 이대로 물러날 셈이냐? 어떻게든 밀어붙여 봐! 빨간 원숭이!"

같은 꿈을 안고, 같은 지역을 대표해, 전국의 무대를 밟은 같은 온도의 열정들. 비록 내가 올라서기 위해 반드시 상대를 무너뜨려야 하는 입장이었지만, 최선으로 최고를 겨루었던 서로가 결국엔 스스로의 모습을 깨닫게 해주는 거울이기도 했다. 강백호답지 않게 맥없이 주저앉은 무기력으로부터 전호장은 자기 자신을 보았던 것이 아니었을까? 지역 최강의 일원이지만, 나 역시 모든 것을 쏟아부은 최선으로도 넘어설 수 없는 처절한 어느 날을 맞닥뜨릴 수 있을 거라는 불안감. 자뻑의 도취에 균열을 일으키며 찾아든 전호장의 성찰은, 관람석에서 지켜본 강백호 그 자체였을지도⋯. 강백호를 향한 전호장의 격려는, 결국 동질감에서 비롯된 저 자신에 대한 격려는 아니었을까?

11

그들 각자의 스핀오프

너에게 묻는다

지역에서는 17년 연속 우승의 신화를 기록 중인 '왕자' 해남. 그곳으로 모이는 재원들의 실력도 지역에서는 최고일 터, 그러나 최고들만 모이다 보니 그도 '더'와 '덜'의 우열이 나뉜다.

지역 4강 리그에서, 북산과 능남의 결전을 승리로 장식한 해남 은, 약체 무림과의 마지막 경기에서는 1학년 전호장만 빼고 나머 지 주전 선수들을 불러들인다. 전국 대회 1회전, 마성과의 경기에 서는, 큰 점수 차로 앞서 나가자 모든 주전 선수들을 불러들인다. 그때마다 등장하는, 그러나 이름도 언급되지 않는 8번 선수. 승부 에 영향을 끼치지 못하는, 이미 승부가 갈린 경기에만 투입되는, 중학교 때까지는 '꽤 하는 선수'였을, 다른 팀에서라면 주전이었을지 모를 그.

농구 명문 해남의 선수층이 두텁다는 말은, 그 총량으로서의 의미이지, 개인의 의미까지 책임져 주진 않는다. 학교의 성적이 좋다 보니 따르는 혜택은 있겠지만, 보조출연자 같은 현실이 달갑기야 하겠는가. 그렇다고 강팀의 후보보다 약체팀의 주전 자리가 나은 것이냐? 이 또한 대답하기 힘든 질문이다.

이름이 언급되지 않을망정, 그에게도 다시 한 번 기회를 주는 이노우에 다케히코의 섬세함. 작가가 다 그려 넣지 못한 그들 각자의 이야기가 있을 테지만, 또 누구나 한 번쯤은 해남의 이정환이고 싶었고, 상양의 김수겸이고 싶었고, 능남의 윤대협이고 싶었고, 팀은 약체일망정 서태웅의 화려함이고 싶었던 열망, 갈망, 소망. 그러나 현실은 그렇지 않은 우리 모두의 이야기.

『그로부터 20년 후』의 출간 당시, 어느 북토크에서 한 독자 분께서 주셨던 질문은, 글을 쓰면서 가장 애착을 느꼈던 인물에 관한 것이었다. 송태섭이라고 대답할까, 김수겸이라고 대답할까, 잠깐을 망설이다가 결국 이달재라고 말했다. 이달재뿐만이 아니라 신오일, 정병욱, 오중식, 이호식, 이재운까지. 그들 모두가 북산이다.

주연도 아닌, 그렇게 조연도 아닌, 어찌 보면 현실에서의 우리 모습과 가장 가까운 보통의 존재들이다. 한 번도 어떤 상황의 키를 쥐어 본 적이 없는, 되레 그 상황의 결과에 따라 좌지우지되는, 많은 이들의 삶이 실상 그 보통의 존재들과 같지 않던가. 자신의 존재가 큰 의미가 될 수는 없지만, 그래도 모교이기에 승리를 바라고 응원하는 저들처럼, 존재의미를 찾을 수는 없어도 또 그 존재 기반에 애착을 지니는 존재들.

출간 과정 중에 이들의 이름을 다시 살펴볼 기회가 있었다. 실상 그전까지는 『슬램덩크』를 몇 번이고 다시 읽으며 글을 써내리던 나도 이들의 이름을 기억하지 못하고 있었다.

산왕과의 경기 초반, 지혈을 위해 잠시 벤치로 들어간 강백호를 대신해 정병욱이 투입된다. 선수층이 얇은 북산의 여건상, 권준호 이외의 벤치 멤버들은 경기에 투입되는 일이 거의 없다시피 하다. 그 많지 않은 실전 경험으로 맞닥뜨린, 하필 전국 최강 산왕. 정병욱은 전국구의 위상을 실감하면서도, 그들과 대등한 경기를 펼치고 있는 동료들의 저력을 새삼스레 확인한다.

그 반대급부로 깨달아 했던 건, 아무리 노력해도 결코 저들을 따라잡을 수 없는 마이너로서의 자신이 아니었을까? 열심히 노력만 하면 언젠가는 반드시 닿을 수 있을 거라며, 있는 열정 없는 열정을 다 쏟아붓게 만든 긍정의 한 줄들이 부질없어지는 그리 유쾌하지만은 않은 경험, 누구에게나 있지 않나? 게다가 고작 3개월 경력으로 저런 선전을 펼칠 수 있는 강백호는 정말 천재인지도 모르겠다는, 선천적인 재능은 따로 있는 것이라는 사실을 인정할 수밖에 없었던 2학년의 박탈감이었을 수도….

우리에게 이들은 어떻게 기억되고 있을까? 재능은 없었지만 열정으로 버틴 청춘들로 기억되지는 않을까? 각고의 노력 끝에 주전이 된 경우도 있을지 모르지만, 아마 대개는 이런저런 시행착오 끝에 농구 이외의 길을 찾았을 게다. 이제는 자신이 주역일 수 있는 길을 가게 된 경우도, 물론 여전히 그렇지 않은 경우도….

하고 싶은 것과 할 수 있는 것이 일치한다면야 그 얼마나 행복한 일이겠냐만, 애착과 열정으로만 뭐가 되는 건 아니고, 또 그런 게 인생이기도 하다. 그 사실을 인정하면서도 자신에게서 가능한 최선은 다해 보는 것. 아무리 부질없어 보여도, 그 허망함 속에서 잉태되는 것들이 있으니까.

몇 번을 다시 읽어도 여전히 재미있는 스토리, 언젠가부터는 이호식으로부터 시작되는 눈물이 보였다. 쓰러지기 일보 직전의 정대만이, 사력을 다해 바스켓 카운트를 얻어 내는 장면에서 호식이가 울기 시작한다. 그리고 영걸이와 소연이가 운다. 권준호가 운다.

북산의 베스트5뿐만 아니라, 북산인들 모두가 그렇듯 뜨거운 사람들이었다. 개인적으로 마지막 회에서 가장 감동적인 장면은, 서태웅과 강백호의 하이파이브보다도, 그 뒷페이지에서 북산고 전원이 코트로 달려드는 순간이다.

『슬램덩크』에 등장하는 모든 이들로부터 반문하게 되는 점은, 나는 내 삶에 그렇게 뜨거웠었는가에 대해서이다. 내 스스로를 감동시킬 수 없는 삶의 스토리텔링이 타인을 감동시킬 수도 없을 터, 하여 너에게 묻는다. 너는 너 자신에게 한 번이라도 뜨거운 사람이었느냐?

우리 모두가 주인공이다

당연한 말이겠지만, 강백호를 위시한 북산고 농구부는 스토리의 중심에 위치한 집단이다. 북산이 넘어야 할 상대들은 때론 경기장 관람석에서 관찰자의 시선으로 북산의 경기를 지켜보고, 때론 북산의 '적'이 되어 경기에 참여한다. 북산의 시선으로 전개를 따라가는 독자들은 결국엔 북산의 승리로 끝날 것이라는 결과를 예상하면서도, '정의'의 북산이 과연 어떻게 고비를 헤쳐 나아갈 것인가를 궁금해하며 페이지를 넘긴다.

그러나 『슬램덩크』에 등장하는 모든 경쟁팀들, 특히나 같은 지역에서 전국대회 출전권을 놓고 격돌하는 상양, 능남, 해남의 선수들은 절대적인 적으로 간주되지는 않는다. 이노우에 다케히코는 북산 이외의 선수들에게도 스스로를 해명할 수 있는 관점의 지분을 할애한다. 북산이 넘어서야 할 상대이지만, 그들 또한 북산만큼이나 고뇌하며 최고를 향해 도전하는, 결코 적이 아닌 그저 또 하나의 북산일 뿐이다.

전국대회 2회전 만에 맞닥뜨린, 영원한 우승 후보 산왕. 경기장을 메운 관중의 90%가 스타군단 산왕의 팬들이다. 이 경기에서는 도리어 북산이 '적'의 입장이다. 북산의 시선으로 페이지를 넘기는 독자들과 달리, 페이지 안에서 북산을 바라보는 관객들의 시선 대부분이 북산을 적으로 규정한다. 북산의 승리를 원하는 관중들은 거의 없다. 산왕을 응원하는 관중들에게 그런 결말은 정의가 무너지는 비극이나 다름없다. 북산의 선수들은 기꺼이, 정의가 패배하는 사건의 주역이 되고자 한다.

북산을 중심으로 전개되던 스토리는, 딱 한 번 북산의 농구부 전원을 관찰자의 입장으로 물러나게 한 적이 있다. 능남과 해남의 승부 안에 북산은 없었다. 그들에게 북산은 또 하나의 능남이

고 해남이었을 뿐, 그보다 더 중요한 것은 그들 자신이 능남이고 해남이란 사실이다. 어찌 북산의 열정만이 주인공의 자격일 수 있겠는가. 북산의 선수들이 없는 곳에도 최고를 향한 등가의 노력들은 존재한다. 그들은 적도 서브도 아닌 그들 자신일 뿐이다.

『슬램덩크』는 서사 옆으로 버려질 수 있었던 패자들의 이야기도 주워 담는다. 이노우에 다케히코 자신이 농구선수로서의 꿈을 접고 만화가가 된 사연이 덧입혀진 것일까? 이노우에 다케히코는 서브 캐릭터들에게 주연으로서의 시간들을 적지 않게 할애한다. 그들 역시 저마다의 사연으로 존재하는, 저들과 다름없는 주인공들이다. 너는 북산이고 나는 능남일 뿐이다. 네가 산왕의 정우성이고 해남의 이정환인 것을 뭐 어쩌란 말인가? 그 역시 농구에 대한 열정만은 뒤지지 않는 북산의 식스맨 이달재다.

너희들의 이야기

북산 대 상양의 지역예선에서, 정대만을 개인 마크하는 상양의 장권혁은 중학교 시절의 화려했던 정대만을 기억한다. 그리고 한창 방황하던 시절의 정대만을 우연히 거리에서 마주친 기억도 있다.

"넌 날 이길 수 없어."

중학교 시절의 어느 경기에서, 정대만이 장권혁에게 건넸던 한 마디. 그 시절과는 달리 어엿한 농구 명문의 주전으로 성장한 장권혁은, 정대만은 기억도 하지 못하는 그 한마디를 되돌려 준다.

하지만 승리의 여신은 결국 정대만의 편이었다. 승리에 그친 것이 아니라 이 경기를 지배한 수훈갑으로 등극한다. 자신이 무언가를 해내지 않으면 지난 방황의 시간은 그저 바보의 결론에 지나지 않는다는, 반성과 투지로 쏘아 올린 탕아의 슛이, 농구밖에 몰랐고 묵묵히 농구만 해온 성실한 플레이어를 다시 한 번 조연으로 밀어냈다.

독자들의 응원은 여기서 약간의 갈등을 일으킬 수밖에 없다. 긴 공백기에도 녹슬지 않은 천부적인 센스로 일구어 낸 탕아의 귀환 앞에서 장권혁이 짊어져야 했던 패배가, 그 어떤 노력에도 감동의 반전이 쉬이 허락되지 않는 우리의 현실 같아서…. 설움에 겹도록 비굴하고 비루한 시간들을 감내하며, 겨우겨우 발전을 이루어 내는가 싶었는데, 오늘 우리에게 맡겨진 배역은 또 다시 패자다. 빛나는 스타플레이어는 아니지만, 부단한 노력으로 누구보다 열심히 해온 장권혁에게 아낌없는 신뢰를 보내는 친구 김수겸. 평범함을 어루만지는 에이스의 따뜻함을 결코 '적'으로 돌릴 수 없게 하는 이노우에 다케히코의 배려이기도 하다.

　이 플롯은 마지막 산왕공고와의 경기에서 다시 한 번 반복된다. 이날 산왕의 스타팅 멤버는 정대만과 맞대결을 펼칠 포지션만 평소와 달랐다. 정대만을 개인 마크하게 된 선수는 수비전문의 식스맨 김낙수. 화려한 스타플레이어는 아니지만, 성실함 하나로 영원한 우승 후보 산왕의 이름을 허락받은 살림꾼이다. 그러나 다시 한 번 정대만에게 허락된 승리의 감동, 식스맨일지언정 우승 후보 산왕의 일원인 김낙수에게는 이중의 박탈감이다. 팀 내에서는 둔재이고, 상대팀에게는 패자인….

　이노우에 다케히코는 둔재들에게도 기회를 준다. 둔재들의 시간을 조명하는 지점에서 우리는 관찰자의 시선이 아닌 경험자의 기억으로 참여한다. 태생적으로 나보다 잘난 사람들로 그득한 세상, 그들에게 또 다시 패배할 수밖에 없었던 기억, 자존감을 밀어내며 차오르는 자괴감으로 전전했던 날들에 대한 위안이, 정대만 앞에서 당당했던 장권혁과 김낙수의 열정이진 않을까?

　『슬램덩크』의 배경이 전국대회로 옮겨지면서, 풍전과 산왕의 선수들 이외에도 새로운 전국구 캐릭터들이 많이 등장한다. 명정의 괴물 김판석과 대영의 이현수, 그리고 '지학의 별'이라 불리는 마성지 등등. 독자들은 내심 그들과의 대결도 기대하고 있었지만,

독자들의 기대에 부응하기에는 북산이 지쳐 있었다.

'산왕과의 사투에 모든 것을 쏟아부은 북산은 이어지는 3회전에서 거짓말처럼 참패를 당했다.'

산왕에게 승리를 거두고서 찍은 기념사진 위에 적어 놓은 내레이션이, 전국대회에서 거둔 북산의 최종 성적표였다. 북산의 신화는 거기까지였다. 이노우에 다케히코의 의도는 무엇이었을까? 창작의 한계를 느낀 것일까? 아니면 이 정도에서의 마무리가 아름다웠다고 생각한 것일까?

개인적으로는 북산이 밟고 넘어온 저마다의 최선과 성실에 대한 위로였다고 생각한다. 주인공에 합당한 천부적 재능과 히어로적 각성, 그리고 부단한 노력으로도 패배할 수 있는 것이 승부의 세계라는…. 주인공인 북산도 그런 현실성을 비껴가지 않았다. 결국 승자도 패자도 그 모두가 또 하나의 북산일 뿐이라는, 그 모두가 주인공이라는 훈훈한 마무리였다는, 지극히 개인적인 소회. 둔재여서 진 것이 아니라, 성실하지 못해서 진 것이 아니라, 그냥 그날을 지배했던 우연이 북산의 편이었을 뿐이라고…. 그런 게 삶이라고…. 그러니 슬퍼하지도 노여워하지도 말라고….

그 시절의 우리가 『슬램덩크』를 사랑할 수밖에 없었던 이유 중

하나가 '약체의 반란'이란 주제이지 않았을까. 전통의 강호들의 '어차피 승승장구'가 재미있는 소재일 리도 없을 테니 말이다.

우리에게 『슬램덩크』는 그런 갈망의 투영이었는지 모른다. 한 번도 강자에 입장에 서본 적이 없었던 이들에게 건네는 격려와 고무의 메시지. 그러나 이노우에 다케히코는 말초적인 희망만을 제시하진 않는다. 전통의 강호들이 보여 준 열정 역시도 저마다의 최선이었기에, 그 모두가 북산의 기적을 위한 제물로 사라져 가는 전개 역시 다소 허망하다.

북산의 선수들만이 성공하는 사람들의 습관을 지니고 있었던 것도 아니고, 강호들이 북산에게 당한 일격이 결코 열심히 하지 않은 방심의 결과인 것도 아니다. 그래서 그저 한 줄의 내레이션으로 북산의 패배를 대신했던, 『슬램덩크』의 결말이 더욱 현실감 있게 다가온다.

『슬램덩크』에 등장하는 열정들 모두가 농구선수로서의 삶을 살 수는 없었을 것이다. 가상의 스토리 밖에서도 그게 현실이지 않은가. 누군가는 꿈을 이루고, 누군가는 꿈의 방향을 바꾸어야 한다.

그러나 어떤 방향성이 내 운명이었는지는 사후적으로 해석되기 마련. 농구선수의 경력을 바탕으로 『슬램덩크』의 결실을 그려

낸 이노우에 다케히코처럼…. 그가 농구선수로 성공했다면, 나에
겐 학창시절의 행복한 추억 하나가 없었을 것이며, 이 원고가 쓰
여지지도 않았을 것이다. 그렇듯 꺾이면 꺾이는 대로 삶은 이어
지고, 그 꺾인 방향에서 다른 꿈이 잉태되기도….

12

그 후로 오랫동안

천재들의 합창

전국대회에서의 최종 우승팀이 어느 학교였을까를 논리적으로 추측한 팬들의 대답도 있긴 하지만, 실상 이는 이노우에 다케히코가 인터뷰를 통해 넌지시 언급한 적이 있다. 이현수가 있는 대영고로의 결론이 자연스럽지 않겠냐고….

『슬램덩크』가 왜 갑작스럽게 연재를 종료했는가에 대한 이런저런 소문들이 있었지만, 정작 작가 자신은 전국대회를 구상하던 시기에 이미 이런 결말을 준비하고 있었단다. 다만 결말을 놓고 출판사와의 의견 충돌이 있었던 것 같다. 신화를 써내려 가고 있던 컨텐츠이기에, 출판사 입장에서는 어떻게든 더 뽕을 뽑고 싶었을 테고, 하여 독자들에게 시즌 2의 여지를 남겨 둘 필요가 있

었다.

그러나 영원한 우승 후보 산왕과의 대결을 2회전에 가져다 쓴 이상, 그 이후를 어찌 감당할 수 있었겠는가. 또한 북산의 신화를 어디까지 설정하는 것이 최선이었을까를 생각해 보면, 사실주의에 입각한 지점은 이 즈음이 적당하기도 했다. 어차피 허구임을 가정하고 보는 만화이지만, 만약에 북산이 우승을 했다면 그야말로 '만화 같은 허구'로 퇴락했을 것 같다.

산왕과의 결전은 그 자체로도 최고의 임팩트였겠지만, 그 임팩트를 서포트하는 다른 함수들이 모여 있었다. 해남은 물론이거니와, 전국 4강의 다른 축이었던 이현수의 대영과 마성지의 지학이 그 주인공이다. 이들은 '타도 산왕'을 외치던 2인자 3인자들로서, 산왕의 올해 전력을 관전하고 있었다. 그들은 관객의 시선으로서 이야기에 참여하는 또 다른 한 줄기의 서사다. 독자들 입장에서는 대영과 지학과의 맞대결도 기대하고 있었을 테지만, 앞서 언급했듯 이미 산왕의 임팩트를 끌어다 사용한 판국에 그 후의 스토리를 감당하기는 쉽지 않았을 테고….

그렇다면 김판석은 도대체 왜 등장한 것이었을까? 이 또한 사실주의에 입각한 설정이 아니었나 싶다. 그런 재능들이 꼭 팀의 성적으로 이어지는 것도 아니고, 그렇게 두각을 드러내다가도 어떻게 사라졌는지도 모르게 잊혀지는 천재들도 있지 않던가. 이는 북산이 2회전 만에 산왕과 맞붙은 대진과도 궤를 함께 한다. 전국 최강의 전력이 꼭 끝에서 기다리고 있으란 법은 없으니까. 삶이 란 게 그렇게 순차적이지도 논리적이지도 않으니까. 예상대로 흘 러가고, 준비가 다 된 상태에서 맞닥뜨리는 사건들이라면, 우리네 삶이 이토록 역동적이지도 않을 것이다.

『슬램덩크』의 애독자 중에 후속편을 기다렸던 이들도 꽤 있었을 테지만, 20여 년이 지난 지금에, 그 후속편이란 게 강백호의 1학 년 2학기를 기대하는 건 아닐 터. 그렇다고 2학년 혹은 3학년 아 니면 대학생이 된 강백호를 기대하는 것이겠는가 말이다. 우리는 내심 그 신화가 우리의 청춘 곁에 영원히 머물러 있길 바랄 뿐이 다. 이는 이노우에 다케히코 자신도 잘 알지 않을까? 그런 의미에 서의 〈더 퍼스트 슬램덩크〉가 아니었을까?

천재의 미래

팬들 사이에서 정우성의 실제 모델로 알려진 NBA 선수는 앤퍼 니 하더웨이, 애칭인 '페니'로 더 많이 불렸다. 마이클 조던이 잠정 은퇴 후 야구 쪽으로 건너갔을 시기부터, 언론과 대중은 과연 누가 '포스트 조던'의 시대를 이끌어 갈 것인가에 관심을 갖기 시작했다. 앤퍼니 하더웨이 역시 그 후보들 중에 하나였으며, 마이클 조던이 직접 지목한 선수이기도 했다.

페니의 팬들이라면, 올스타전에서의 선수 입장 순간에 조던이 그의 트레이닝 바지를 벗긴 사건을 기억할지도 모르겠다. 물론 안에 유니폼을 입고 있었지만, 페니는 당황스러워하며 바지를 추스르고, 조던은 비집고 나오는 웃음을 참지 못하고…. 조던은 페니를 많이 좋아했던 것 같다. 『슬램덩크』가 연재되던 시절만 해도, 그는 정우성 캐릭터의 모델로서는 부족함이 없는 선수였다. 그러나 전설의 바통을 이어받기에는 잦은 부상에 시달려야 하는 미래가 기다리고 있었다.

실베스타 스텔론이 한 인터뷰에서 밝히길, 자신은 〈록키〉 이후 줄곧 하락세였단다. 자신을 세상에 알린 첫 작품이었건만…. 페니가 그 비슷한 경우이지 않을까? 그에게는 초창기가 전성기였다. 그 짧았던 전성기가 끝나기도 전에 서둘러 온 코비 브라이언트에게 포스트 조던의 자리를 내주고, 다시는 전성기의 기량을 회복하지 못했다. 방출과 트레이드를 거듭하면서, 어느 순간부터 농구 팬들의 기억 속에서 서서히 잊혀져 가고 있던 그는, 끝내 불운의 스타플레이어라는 수식으로 선수생활을 마감한다.

이노우에 다케히코가 어느 폐교의 칠판에 그린 〈그로부터 10일 후〉에는 미국행 비행기에 오른 정우성이 그려져 있다. 『슬램덩크』의 마지막 시퀀스, 가마쿠라 해변에서 서태웅이 바라본 비행운은 정우성의 흔적이었다는 해석이 가능할까? 정우성의 미래는 어떤 모습이었을까? 싹수부터 남달랐던 천재의 승승장구였을 수도 있지만, 자신에게 그런 틔움과 개화의 시절이 있었나 싶을 정도로 세상으로부터 잊혀진 재능들도 심심치 않게 존재하는 현실. 내 측근들 중에도 몇몇 사례가 있다. 내 주변에는 왜 이렇게 다 이루지 못한 꿈들의 미래만 있는지 모르겠다. 아니면 꿈을 향해서 사력을 다해 달려가 보기라도 했던 이들인 건가?

게으른 천재가 있을 수도 있고, 눈물겨운 노력으로 끝내 천재의 자격을 획득한 둔재들도 있으리라. 그러나 이도 저도 아닌 이들이라고 해서 딱 성공할 수 없을 정도의 노력만 쏟은 것이었겠는가? 안 되고자 노력하는 이들이 있을까? 차고 넘치는 열정으로도 닿을 수 없었던 이들의 이력을, 이루지 못한 꿈이라는 간단한 정리로 대신할 수 있는 일일까?

어떤 간절함에도 간절함만큼으로 나아가지 못할 수도 있는, 그

런 게 또한 인생이기에…. 때문에 개인적으로 성공한 사람들의 이야기만 늘어놓는 담론들을 별로 좋아하지 않는다. 더군다나 드리블 연습 한 번 해본 적 없는 이들이 적어 내려간 '농구 잘하는 법' 같은 성격의 글들은 더더욱….

추억하는 이들에게야 어느 장면인들 명장면이 아니겠냐만, 개인적으로 가장 기억에 남는 장면은 마지막 시퀀스에서의 서태웅이다. 국가대표 유니폼으로 한바탕 강백호의 염장을 지른 서태웅은 문득 고개를 돌려 하늘을 바라본다. 그가 바라본 하늘 한 자리에 남겨진 비행운은 더 큰 무대를 향한 꿈의 방향이기도 했다. 서태웅의 뒷모습을 지켜보던 강백호의 미래는 농구선수로서의 삶이었을까? 이노우에 다케히코의 성향으로 미루어 본다면, 끝내 농구를 그만둘 수밖에 없었던 사연을 숨겨 두고 있진 않았을까?

그 시절에는 강백호가 저 자신의 신화창조를 이어 가는 속편을 상상해 보기도 했지만, 차라리 강백호가 꿈을 이루지 못한 편이 위로가 될 것 같다. 그와 함께 학창시절을 보냈던 우리 역시, 대다수는 그 시절에 지녔던 꿈을 이루지 못했을 테니…. 어릴 적에 지녔던 꿈을 이루고 살아가는 인생들이 과연 얼마나 될까? 그 꿈으로부터 얼마나 멀리 떨어진 거리에서 살아가고들 있을까? 나도 그 시절에 지녔던 꿈을 이루지 못했다. 그런데 한편으론, 지금 향해 가고 있는 꿈을 완성하기 위해 그렇게 둘러 온 길이 아니었나 싶은 생각도 든다. 막히면 막히는 대로, 꺾이면 꺾이는 대로, 다시금 길은 발견된다. 또한 그런 게 인생이기도 하다.

신발가게 주인의 과거

자신의 레어템을 강백호에게 거의 강탈당하다시피 판매한, 그러나 나중엔 북산의 팬이 되어 자신의 소장품을 강백호에게 선사하는 신발 가게 주인은, 그 자신이 농구화 수집가이기도 했다. 정신분석에서 설명하는 페티쉬는 좌절된 욕망이 그 나름대로의 승화 전략을 찾은 증상이다. 그 역시 언제고 농구의 꿈을 키우던 청춘이었다. 못 다 이룬 꿈으로 들러붙은 페티쉬의 대상이 농구화였을 수도….

지역의 맹주 해남의 17연패 신화가 쓰여지기 시작한 첫 해, 결승전 상대가 바로 그의 모교였다. 그리고 그는 그 경기에 참여한 농구선수였다. 결정적 찬스를 놓쳐 버린 스스로에 대한 질책은, 그 순간으로부터 갈라져 나온 미래에 내내 들러붙어 있는 미련이기도 하다. 비록 농구선수의 꿈을 이루지 못했지만, 농구에 대한 애착을 버릴 수 없었던 그는, 수집가의 철학으로 농구화를 파는 신발 가게 주인이 되었다.

서사의 언저리를 맴도는 주변인들에게도 한 번씩은 주인공으로서의 관점을 허락하는 이노우에 다케히코의 배려는, 신발 가게 주인에게도 페이지를 할애해 준다. 어쩌면 농구선수 시절에 대한 그의 회상 장면이, 원치 않는 미래가 기다리고 있을지도 모를 청춘들에게 미리 주어진 위로이기도 하지 않을까? 농구화를 파는 상인의 현재는 강백호의 미래일 수도….

비록 꿈을 이루진 못했지만, 여전히 그 꿈의 언저리에서 살아가는 한 남자가 간직한 어느 지나간 날의 이야기. 다른 시각으로 해석해 보자면, 완성하지 못한 채 그 자리에 두고 올 수밖에 없었던 꿈이, 그의 현재를 가능케 하는 한 줌의 추억인지도 모르겠다. 이루어지지 않은 기도였기에, 다 태우지 못한 열정이었기에, 차선으로 택한 일이지만 컬렉터에게는 은퇴라는 것도 없다.

그런 열정의 날들이 있었다는 사실만으로, 자신의 리즈 시절이라고 믿고 있는 모습을 상기하는 것만으로도, 지금 여기에서 끝을 모르고 무너져 가는 자존감을 위로받기도 한다. 그것이 '내가 왕년에는'으로 시작하여 뻔한 전개로 펼쳐놓는 미화된 과거일망정…. 미화의 가능성조차 부재하는 체념된 과거보다야, 차라리 과잉의 미화가 우리에게 남은 마지막 열정인지도 모르겠다.

그런 점에서 생각해 본다면, 꿈으로의 도전이란, 반드시 이루어질 것 같아서 하는 게 아니다. 먼 훗날에 어떤 과거로 자신을 돌아볼 것인가에 대한 회상의 속성을 결정하는 일이기도 하다. 그러니 미래의 속성만을 지닌 게 아니다. 미래에서 돌아보게 될 과거를 만들어 가고 있는 것이기도 하다.

〈그로부터 10일 후〉에는 양호열을 위시한 강백호의 친구들이 이젠 자신들도 무언가를 찾아야 하지 않겠느냐며 꿈에 관한 고민을 털어놓는 장면이 있다. 농구로의 꿈들이 저마다의 열망을 쏟아 내는 『슬램덩크』에서, 꿈에 관한 주제로부터는 다소 소외된 주요 인물들이 아니었나 싶다. 그런데 실상 『슬램덩크』를 읽고 자란 우리의 모습이기도 하지 않았을까?

어쩌면 우리는 꿈이라고 부를 수 있는 가치들을 여전히 찾지 못한 건 아닐까? 그 시절에 우리가 말했던 진로의 고민과는 조금은 다른 거니까. 내 전부를 모두 다 던질 용기가 없었던 것이 아니라, 그럴 수 있을 만한 무엇을 찾지 못했던 것은 아닐까?

프루스트의 『잃어버린 시간을 찾아서』가 건네는 주제는, 단순히 회상에 그치는 것이 아닌 '찾기'의 행위이다. 소설의 주인공은 그 대서사의 회상 끝에 작가가 되기로 결심한다. 그래서 철학자

들뢰즈는 이 소설을 평하면서 '끝은 시작 속에 있었다'고 말했다.

그런 점에서, 내겐 『슬램덩크』가 잃어버린 시간 속에서 되찾은 행운이었다. 그 시절, 만화의 연재가 끝나던 날, 마지막 회 페이지들의 하늘과 바다 곁에 두고 온 것들. 먼 훗날에 우연히 다시 펼쳐 보게 된 하늘과 바다로부터, 중년의 모습으로 다시 이곳에 돌아온 강백호와 서태웅을 상상하면서, 다시 쓰여지는 나의 지금에 관한 이야기를 잇대어 보려던 노력이 결국 한 권의 책이 되었다.

가지 못한 길

이정환의 안내로 강백호가 전국구의 판도를 미리 구경하고 있을 시, 능남고 소속 박경태는 다른 곳에서 전국구의 면모를 소개한다. 박경태는 원래 고향이 오사카였는데, 중학교 2학년 때 가나카와 현으로 전학을 갔고, 오랜만에 중학교 때 친구를 만나러 오사카에 온다는 설정. 그 중학교 친구가 지금은 풍전고의 일원이며, 그의 선배인 강동준과의 유쾌하지 않은 만남으로까지 이어진다.

전국의 무대로 진출한 북산이 처음 마주치게 될 풍전의 등장이란 사실이 의미 있기도 했지만, 먼 훗날에 돌아보니 더 의미 있는 등장은 대영고의 이현수였다. 이날 박경태는 풍전고와 대영고의 지역 결선을 참관했고, 전국 4강의 한 축이 박경태의 시점으로 미리 제시가 된 사건이었다.

전국 최강 산왕과 최약체로 분류된 북산과의 결전에 참여할 풍경들은 이미 여기서부터 준비가 되고 있었던 셈이다. 또한 이노우에 다케히코는 이 즈음에 이미 결말을 구상하고 있었단다.

『슬램덩크』에 등장하는 오사카의 풍경은 박경태와 함께 한다. 남훈이나 강동준은 그저 오사카 출신이라는 전제가 제시될 뿐이다. 그 시절에도 오사카의 랜드마크였던 글리코상, 반드시 능남의 시대가 도래할 것이라는 믿음으로 그 곁을 스쳐 지나던 소년의 지금은 어떤 모습일까? 믿음으로 가득했던 미래는 과연 현재로 도래했을까? 윤대협과 황태산에 의해 현재로 도래했었던들, 그 영광이 박경태의 미래로까지 이어졌을까?

박경태에게 설정된 역량상, 『슬램덩크』 내에서의 지분은 한정되어 있다. 여간한 마니아들도 그 이름을 잘 기억하지 못할, 북산고의 정병욱도 경기에는 참여해 보기라도 한다. 박경태에게는 그런 기회조차 주어지지 않는다.

『슬램덩크』에서의 주요 화자들은, 그 능력이 타고난 것이거나 부단한 노력으로 획득한 것이거나, 일반인들과는 리그 자체가 다른 클래스들이다. 열심히만 한다고 해서 그 모두가 윤대협의 역량을 갖출 수 있는 것도 아니다. 에이스로서의 철학도 이미 그 전제가 다른 범주 내에서 인과와 상관이다. 이미 갖춘 이들의 리그 안에서도 천재와 둔재의 경계가 다시 나뉘는 현실.

"힘내라, 경태야! 너에겐 아직 미래가 있다."

스포츠 신문사 기자인 누나의 위로, 그러나 박경태에겐 그런 미래가 없었을지도 모른다. 정말 하고 싶었는데, 이상에 부합하지 않았던 실상. 씁쓸히 그 괴리를 인정하며 쓸쓸히 돌아서야 했던 어느 지나간 날의 기억이 누구에게나 있지 않던가. 자신의 운명인 영역과 마주칠 때까지는 조금 더 시간이 필요할 것이다. 생각보다 긴 기다림일 수도, 그 기다림의 시간을 엉뚱한 곳에서의 방황으로 채울 수도…. 그러나 결코 버려지는 시간은 아닐 거라는, 『잃어버린 시간을 찾아서』의 결론. 농구선수로서는 큰 재능이 없었던 이가, 농구를 그린 만화로서는 신화가 되었듯 말이다.

#3

왼손은 거들 뿐!

13

결핍의 힘

올라운드 플레이어

　최고의 센터가 누구라고 생각하느냐는 기자의 질문에 마이클 조던은 패트릭 유잉이라고 대답했단다. 그렇다면 하킴 올라주원은 어떻게 생각하느냐는 기자의 질문에 대한 대답은,

　"그는 스몰 포워드다."

　이미 오래전에 은퇴한 노병의 연관 검색어가 '드림쉐이커'일 정도로, 올라주원은 뛰어난 드리블 능력과 민첩성을 지닌 '센터'였다. 이노우에 다케히코는 직접 언급한 적이 없다는 신현철의 롤 모델을 팬들이 올라주원으로 매칭시킨 것도 당연한 결과였는지 모른다. 유연한 동작과 섬세한 센스, 누구에게도 밀리지 않는 파워에 더해진 외곽슛의 자신감까지. 이런 역량을 탑재할 수밖에

없었던 신현철의 이력이 흥미롭다.

고등학교를 입학할 당시 그의 키는 165cm, 송태섭보다도 작았다. 그러나 1년에 25cm가 커버린 급속한 신장 변화로 모든 포지션을 두루 거쳐 센터가 된다. 겪어 온 모든 시간의 흔적들을 한순간에 동시적으로 펼쳐 내는 입체감, 그것이 신현철이라는 올라운드 플레이어로서의 현재다. 주어진 기회와 그 범주가 자신의 의지와는 상관없이 새롭게 리셋이 되어 버린 경우. 됐다 싶으면 다시 다른 포지션의 임무를 이해해야 했고, 주력 기술을 다시 습득해야 했으며, 다시 경쟁해야 했다.

원래부터도 '컸던' 채치수. '덩치만 크다'는 조롱을 넘어서기 위해 그토록 노력했던 시간들이었건만, 자신은 겪을 수 없었던 시간들, 아니 굳이 겪지 않아도 되었을 시간들을 경유해 온 신현철 앞에서 도저히 메울 수 없는 간극을 체감한다. '덩치까지도' 커져 버린 신현철은 채치수에게 없는 것을 가진, 아니 채치수가 가지고 있는 것들에서조차도 비교우위에 놓인 존재였다. 그간 채치수와 맞대결을 펼쳤던 센터들은 동등한 능력치 내에서의 비교 대상이었다. 조금 더 뛰어난 자에게서 장점이 되고, 다소 뒤쳐지는 자에겐 보완해야 할 단점이 된다. 그러나 아예 다른 능력들이 모여 흐르고 있는 신현철과 비교한다면, 많고 적고의 차이가 아니라

있고 없음의 차이다.

일만 시간이 걸려 영점(零點)을 갖추는 사람도 있고, 선천적으로 영점을 아예 지니고 태어나는 사람도 있으니, 입장에 따라 조금은 억울할 법도 하다. 그러나 영점을 잡아 가는 과정 속에서 얻어지는 능력이 영점밖에 없는 것은 아니다. 영점을 지니고 태어난 자들은 결코 이해할 수 없을 곡절 속에서 뜻밖의 역량을 획득하기도 한다. 왜 나만 이런 시간을 감내해야 하는 것일까? 세상은 왜 항상 내게만 이토록 모질단 말인가? 때론 너무하다 싶은 삶이기도 하지만, 남들은 겪지 않아도 될 시간들로부터 오히려 남들에겐 없는 가능성이 잉태되기도…….

'굳이' 겪고 있는 듯한 지금의 시간도 페널티일지 어드밴티지일지는 '아직' 모를 일이다.

천재는 없다

영점의 제반조건이 선천적 능력의 유무로 갈리는 경우들이 있다. 강백호에겐 탁월한 운동신경은 타고난 '유'였다. 그 탁월함에 굴욕을 맛보았던 선수들이 많지만, 강백호의 선천과 가장 대비를 이룬 후천의 경우가 해남의 신준섭이다.

　지역의 맹주로써 17년째 전국대회 진출의 쾌거를 거둔 해남, 그 전통만큼이나 중학교 에이스 출신들이 넘쳐나는 경쟁체제에서 살아남기란 쉽지 않은 일이었다. 신준섭은 센터의 포지션으로 입학했지만, 명문답게 쟁쟁한 센터들이 버티고 있는 현실에서 그는 별다른 주목을 받지 못한다. 스피드, 파워, 순발력, 점프력, 어느 것 하나 남들보다 뛰어나지 못한 그에게 센터의 보직은 무리라는 것이 남진모 감독의 결론이었다. 실상 그런 운동신경으로는 다른 어떤 포지션을 맡기기도 쉽지 않은 상황, 신준섭에 대한 남진모 감독의 첫인상은 '아무것도 갖지 않은 선수'였다.

　신준섭은 다시 다른 포지션에서의 영점을 잡아 간다. 선천적 능력보다 노력으로 빛을 발할 수 있는 영역은 바로 슛팅가드였다. 센터의 역량으로서는 부적격이라는 통보를 받은 이후, 신준섭은 모두가 집으로 돌아간 체육관에 홀로 남아 묵묵히 슛팅연습을 했다.

　남진모 감독이 발견한 건, 아무것도 갖지 않았다고 생각했던 그가 지닌 깨끗한 슛폼과 가슴 깊이 숨겨 놓은 투지였다. 이한나의 표현대로 '소름 끼칠 정도의 매끄한' 포물선을 그리며 날아가는 신준섭의 외각슛은, 하루 500개가 넘는 슛팅연습을 거듭한 결과

였다.

숫터에게는 확실히 재능이 필요하다. 남진모 감독도 정대만의 재능은 인정한다. 하지만 진정한 숫터는 연습에 의해 만들어진다는 것이 그의 철학이다. 재능은 그저 조금 더 유리한 조건에 불과하다.

'해남에 천재는 없다. 그러나 해남은 최강이다.'

다른 팀들이 보기에는 천재들만 모아 놓은 것 같은 해남의 동력은, 그런 끝없는 반복으로 지나온 하루하루였다. 어쩌면 천재의 진정한 재능은 어떤 상황에서도 포기하지 않는 인내심인지도 모르겠다. 둔재가 천재를 따라잡을 수 없는 이유는, 이미 발 앞에 그어진 출발선의 위치도 다르지만, 오히려 그들이 더 열심히 달리기 때문이진 않을까? 그래서 그들이 항상 둔재들에게서 등거리로 떨어져 있는 천재인 것인지도…. 다른 관점에서 보자면 최강 해남의 선수들 모두가 천재였던 것.

14

불확실성의 미학

리바운드를 제압하는 자

숱한 반복을 통해 체화한 감각과 최선을 다한 순간의 집중력으로 던진 슛이지만, 들어가느냐 들어가지 않느냐의 문제는 제아무리 천재적인 슛터라도 늘 장담할 수는 없는 일이다. 슛터의 손끝을 떠난 공에 영향을 줄 수 있는 것은 이젠 중력뿐이다. 물론 그 중력을 계산해서 던진 슛이기는 하지만, 중력과 맞닿는 지점에 기다리고 있는 결과가, 성실함으로 채워 온 시간들에 대한 합당한 보상인 것만은 아니다.

들어가지 않을 경우, 주사위를 던진 것과도 같은 우연이 펼쳐진다. 림에 맞고 튀어나온 공이 어디를 향할지는 아무도 알 수 없다. 그렇다고 골대 밑의 선수들이 넋을 놓고 기다리고 있는 것은 아니다. 우연의 방향성을 미리 예측하고 유리한 리바운드 지점을 선점하기 위해 자리싸움을 펼친다. 그리고 가장 적절한 타이밍으로 뛰어오른 선수가 공을 낚아챈다. 확률의 경계에서 불확정성을 누구에게 더 유리한 구도로 이끌 수 있느냐가 리바운더들의 역량이다.

이노우에 다케히코는 선천적인 신체조건과 운동능력으로 당장에 해낼 수 있는 기술은 리바운드밖에 없다고 생각했단다. 하루아침에 슛터가 되거나 드리블의 명수가 된다는 것은 현실적이지 못하다. 강백호의 우월한 점프력은 이렇듯 리얼리즘에 입각해 설정된 디폴트였다.

저 자신의 상징이며 정체성이 되어 버린 행위이지만, 애초에는 그닥 관심이 없었다. 직접 득점을 하는 것도 아니고 노골이 된 공을 잡아내는 것이 뭐가 그렇게 가치 있는 일인가 싶다. 더군다나 천재의 품격인 슬램덩크를 제외한 모든 행위가 다 시시해 보이던 시기였으니, 강백호의 반응은 당연한 것이기도 했다.

"리바운드를 제압하는 자가 시합을 지배한다."

시시함에 돌아서는 강백호를 다시 돌려세운 한마디였다. 어떤 상황도 자신의 손끝에서 결정되는, 경기를 지배하는 주역으로 주목받고 싶은 욕망. 강백호에게서는 더더욱 두드러지는 그 욕망을 건드린 채치수. 실상 핸들링은 강백호의 단순함을 너무 잘 알고 있는 채치수에 의해서 이루어진 것. 그 시작이 어떻든 간에, 강백호에겐 천재로서의 재능을 발현할 수 있는 계기가 되어 준 리바운드이기도 했다. 그 천재로서의 재능이란 '지금 여기'에서 내게 가능한 것이 무엇인가에 대한 객관적 직시이며 자각이기도 했다.

해남과의 경기에서, 처음으로 강백호의 '고해'가 흘러나온다. 천재로서의 자존심을 구겨 가며 매일같이 반복한 드리블의 기초와 패스의 기초. 득점의 기술로 익힌 것이라곤 풋내기슛이 고작, 그나마 천재의 자존심을 지켜 주고 있는 리바운드 능력. 스스로도 부끄럽지만 그것이 지금 자신이 지닌 무기의 전부다. 결코 인정하고 싶지는 않지만, 승부를 결정지을 만한 능력이 자신에겐 없다. 자신이 할 수 있는 걸 해보이는 것. 그로부터 시작되는 이야기들의 개연성을 깨달은 강백호의 어느 날이었다.

강백호의 모델이 데니스 로드맨이었다는 사실은 익히 알려진 이야기다. 실제로 로드맨의 전성기에는 상대팀의 리바운드 개수와 로드맨 개인의 리바운드 개수가 비교되곤 했었다. 악동짓으로도 독보적인 입지였다 보니, 트레이드가 성사된 이후에도 시카고 불스 측에서는 로드맨과 조던의 합이 잘 맞을 수 있을까를 걱정했단다. 그러나 농구에만 영향을 미치지 않는다면 사생활에 대해선 터치하지 않는 조던과 피펜의 성향 덕분에, 팀에 잘 녹아들며 시카고 왕조의 전성기를 함께 이끌었다.

때로는 상대의 파울에 흥분한 조던을 그가 끌어안고 말리는 상황이 연출되기도…. 그러고 보면 곁에 누가 있느냐의 차이다. 비판보다는, 잘 한다 잘 한다 다독여 줘야 더 잘 하는 애들이 있지 않던가. 강백호가 그러했듯.

양손 자유투

능남의 유명호 감독은 경험이 부족한 강백호를 북산의 불안요소로 간주한다. 유명호 감독뿐만이 아니라 강백호를 맞닥뜨린 모든 팀의 감독과 선수들에게서 내려진 결론 역시 그러했다. 농구의 상식이란 걸 갖추지 못한 채, 그저 운동 신경 하나만을 믿고 나대는 풋내기. 그러나 정작 전통의 강호들이 강백호에게 고전했던 이유 역시, 경험의 누적치를 전혀 읽어 낼 수 없는 풋내기의 그 불확실성이었다.

기계적인 반복훈련이 가져오는 맹점은, 그것이 때로 창의적인 동선을 방해하는 '관성'이라는 사실이다. 확률이 높은 몇몇 경우의 수로 패턴화가 되어 버리는 것. 농구에 대한 강백호의 무지는 도리어 그의 천부적인 운동신경과 맞물린 시너지를 발생시킨다. 순간순간에 반응하는 동물적인 센스가 간간이 예상의 범주 바깥에서 작동한다.

내 몸에 누적되어 흐르고 시간들이 나 대신 판단하고 반응할 때가 있다. 머리로 생각할 시간적 여유가 없는 순간들은 말할 필요도 없다. 좋다 나쁘다를 명확히 가를 수 없는, 상황에 따라 좋을 수도 있고 나쁠 수도 있는 양날의 검이다. 강백호에게 부족한 경험은 누가 봐도 자명한 불안 요소였다. 그러나 노자의 철학에 입각해 반론하자면, 결여의 불완전이 더 많은 가능성을 창출해 내는 잠재태이기도 하다. 탑재된 경험치는 적었지만, 선천적인 운동신경에 와닿는 상황 그 자체에 반응하는 강백호가, 도리어 습관으로 굳어지지 않은 창의적인 플레이를 펼쳐 보이고 있었다.

체계에 갇히지 않는 열린 사고, 그것을 단적으로 보여 주는 사례가 해남전에서 연출된, 어정쩡한 자세로 던진 양손 자유투였다. 괜히 남들의 자세를 흉내 내봐야 어차피 들어갈 것 같지 않다. 강백호의 선택은 폼이야 어떻든 차라리 자신에게 가장 쉬운 포즈로 잘 겨냥해서 던지는 것이었다. 숨 막히는 긴장감 속에 자유투 두 개를 모두 성공시키고 나서는 다시 기고만장, 뻔뻔한 웃음에 이어진 뻔뻔한 멘트.

"천재에게 우연이란 게 있을 것 같냐?"

이 경기에서 드러난 강백호의 가장 큰 성장은, 자신이 풋내기라는 사실을 어느 정도 인정했다는 점이다. 무능을 자각하는 순간에야 비로소 자신이 정말로 할 수 있는 무언가가 발견된다. 자신 혼자만이 초보자라는 상황을 인정하고, 어떻게든 뭘 해보려 필사적으로 생각을 거듭하는, 비로소 천재다운 면모가 갖춰지기 시작한 강백호의 어느 날이었다.

15

너 자신이 되어라!

가자미의 비유

'내가 이 녀석을 이길 수 있을까?'

신현철과의 대결에서 고전을 면치 못하고 있던 채치수. '전국 최강'이라는 명성을 지켜온 역량이 이런 것이었구나 하는, 각성의 탄식을 내뱉을 잠깐의 여유도 허락지 않고 어느새 다시 다가와 앞을 가로막는 신현철. 이제껏 겪어 보지 못한 월등한 클래스 앞에서 채치수가 할 수 있는 것이라곤 당황뿐이다. 아니 어느 순간부터 이미 당황을 넘어서 '주눅'이라는 표현이 더 적절할 정도. 거칠게 몰아쉬는 숨은, 신체의 피로도라기보단 도저히 뭘 어찌해볼 수 없어서 나오는 한숨의 증폭이다.

자신의 단점으로 지적되던 단조로운 공격 패턴, 그것을 보완하고자 열심히 익혀 둔 회심의 공격 루트도 신현철은 미리 간파하고 있다. 전국에서는 거의 무명이나 다름없는 북산에 대해서 이토록 철저히 분석을 하고 나온 제왕에게 빈틈이라곤 없어 보인다. 급기야 무리수를 남발하는 채치수의, 플레이라기보다는 발악에 가까운 낯설고도 어색한 몸사위. 일부러 지고자 그런 창의력을 발휘하는 선수가 있겠는가? 옥죄여 오는 불안으로부터 어떻게든 벗어나고자 했던 극강의 의지였을 뿐이었다. 그렇지만 남들 눈에 비쳐지는 채치수의 몸짓 하나하나는 불안 그 자체였다.

북산을 넘지 못하고 끝내 좌절된 전국대회 진출의 꿈. 채치수와 부둥켜안고서 뜨거운 우정의 눈물을 코트를 떨구었던 변덕규는, 농구로의 진로를 포기하고 집안의 가업을 이어 요리사가 되기로 결심한다. 하지만 그토록 사랑했던 농구에 대한 미련을 단번에 접을 수도 없었다. 전국 무대에 진출한 북산의 경기를 지켜보고자 뒤늦게 경기장에 도착한 변덕규는, 한창 꼴사나운 플레이를 펼쳐 보이던 채치수에게 경악을 금치 못한다. 자신과 부동의 자리를 겨루던 그 채치수가 아니었다. 급기야는 코트까지 내려와 채치수에게 따끔한 충고를 건네는 변덕규. 그의 충고는 변경된 자신의 진로에서 찾은 비유법이었다.

발버둥을 치다 끝내 코트에 쓰러진 채치수의 머릿속에는 아득

한 어둠뿐이다. 아직 시합 중인데, 빨리 일어나야 하는데, 여기서 이렇게 무너지면 안 되는데…. 그러나 이미 움츠러들 대로 움츠러든 무력함으로 코트 위를 표류하고 있던 그에게, 일어나 다시 마주해야 할 신현철이 막막하기만 하다. 그 순간 어디선가 날아와 머리위로 사뿐히 내려앉은 무언가. 천천히 고개를 드는 채치수의 흐릿한 초점에 맺힌 것은, 자신의 머리에서 흘러내린 얇게 저민 무 조각과 난데없이 나타나 무를 돌려 깎고 있는 예비 요리사 변덕규였다.

"신현철은 화려한 도미다. 네게 도미가 어울린다고 생각하는가? 너는 가자미다. 진흙투성이가 되어라. 채치수!"

성장의 과정에서 모든 포지션을 두루 경험할 수밖에 없었던 신현철. 그로 인해 모든 포지션을 소화할 수 있는 능력을 한 몸에 지니게 된 센터였지만, 맡아 보는 포지션이 정해져 있는 이상, 모든 역량이 동시에 발휘되지는 않는다. 채치수는 시야를 넓힌다. 신현철의 모든 능력이 분산되어 있는 북산에게로…. 변덕규의 가자미 퍼포먼스는 그것을 깨닫게 해준 것이다.

정대만이 한마디를 거들고 나선다.

"신현철은 신현철이고, 채치수는 채치수란 말이다!"

팀의 기둥이었던 채치수는 자신이 신현철을 넘지 못하면 북산은 패배할 것이라고 생각했다. 그러나 북산에는 자신 말고도 승리의 주역이 될만한 선수들이 있었다. 채치수 자신이 안 된다면, '되는' 다른 선수들의 장기를 살려 주면 되는 일이었다. 실상 팀의 승리보단 신현철을 이기고 싶은 마음이 앞서 있던 것이다.

주역이 아니더라도 괜찮다

변덕규는 채치수와 비슷한 성장 과정을 겪었고, 팀 내에서 역할과 경기 운영 스타일 또한 비슷했다. 지역에서는 채치수보다 먼저 주목을 받았지만, 채치수와의 첫 대결 이후 2인자로 전락한다. 어떤 노력에도 불구하고 결코 채치수를 따라잡을 수 없었던 변덕규. 더군다나 덩치 큰 채치수보다도 더 큰 덩치는, 도리어 채치수조차 자신을 단지 '덩치만 큰' 존재로 여길지도 모른다는 열등감이었다.

그 열등감에서 벗어나기 위한 해법은 열등함 자체를 인정하는 것. 공수 모두에서 채치수의 센스를 당해 낼 수 없었던 현실을 인정하며 관점을 바꾼다. 자신은 채치수에게 질 수도 있다. 하지만 능남은 북산에게 지지 않는다. 변덕규는 팀의 주역이 되기보다는 굳은일을 도맡는 조연을 자처한다. 라이벌이면서도 동시에 넘어설 수 없는 벽이었던 채치수가 도리어 변덕규에겐 성장통이었던 셈이다.

팀 내에서 채치수의 역할은 변덕규와 같았다. 그러나 지역 내에서는 최고로 평가받고 있던 터라, 한 발자국 뒤로 물러나 스스로를 돌아볼 기회가 없었다. 변덕규에겐 반성과 각성의 계기가 되어 준 채치수였지만, 정작 그 자신이 신현철 앞에서 변덕규의 심정이 되어 버렸을 땐 무력감에 빠지고 말았다. 변덕규는 채치수가 자신에게 선사했던 각성을 되돌려준다. 횟감을 돋보이게 하는 '무'가 너와 나의 정체성이라는….

가자미가 지닌 상징은 상대적으로 우월했던 채치수에 대한 변덕규 자신의 좌표이기도 했다. 뒤바뀐 역학 관계 안에서 허우적대던 채치수에게 자신을 이입시켜 준 것. 그 결과 채치수는 변덕규가 된다. 아니 자기 자신이 된다. 변덕규의 우정이 채치수에게 '우리'를 깨닫게 해준 것이다.

'현시점에서의 나는 분명 신현철에게 지고 있다. 하지만 북산은 지지 않는다.'

언제고 변덕규가 자신을 향해 되뇌였을 다짐과 똑같은 다짐 속에, 채치수는 다시 일어선다. No.1 센터의 욕심을 비워 낸 채치수의 가슴속에 다시 '전국 제패'의 의지가 불타오르기 시작한다.

최근에 개봉한 〈더 퍼스트 슬램덩크〉에서는 변덕규의 칼 퍼포먼스를 덜어 내고 다른 장면으로 대신했다. 경기장에 식칼이 등장한다는 건 너무 만화적 설정이라고 생각했던 걸까? 『슬램덩크』를 사랑했던 이들이 어느덧 중년의 나이가 된 시절, 그들을 위한 팬 서비스 같은 작품에서는 만화적 설정을 다소 걸어 낸 진중한 분위기로 각색되었다.

16

개개인의 인문학

잘못된 멘토링

이노우에 다케히코가 애착을 지니고 있는 캐릭터 중 하나가, 능남고의 감독 유명호라고 한다. 강백호에게서 '꼰대' 소리까지 들어가며 희극 코드로 전락하는 명장의 카리스마. 이 애잔함은 강백호에 앞서 정대만과 송태섭, 서태웅에게 건넸던 스카웃 제의를 거절당한 사연에서부터 시작되고 있었다. 오로지 안감독에 대한 감화 하나로 북산을 택했던 정대만과 송태섭, 그보다 더 자존심을 상하게 한 사연은 단지 집에서 가깝다는 이유로 북산을 택한 서태웅이다.

명장의 머릿속에 그리고 있던 베스트5 중에 3명을, 상양도 해남도 아닌 최약체로 분류되던 북산에 빼앗긴 악연. 도대체 이게 무슨 경우인가 싶다. 그런 상실감은 능남의 선수들을 향한 애착으로 덧입혀진다. 특히나 진흙 속에서 발견된 진주, 황태산에 대한 애착은 때론 집착이 되고 때로 패착이 되어 버린다.

윤대협은 입학 초부터 선배들을 압도하는 플레이로 에이스의 자격을 입증했지만, 그에 반해 황태산은 윤대협에게 일방적인 라이벌 의식만을 지니고 있던, 아직은 덜 다듬어진 원석의 상태였다. 유명호 감독의 눈에는 제 분수를 모르는 과도의 목표 설정이 지금의 강백호와 별반 다르지 않았다. 그러나 유명호 감독은 황태산의 덜 다듬어진 플레이 속에서 윤대협만큼이나 팀의 주축으로 성장할 수 있는 가능성을 발견한다.

북산과의 결전에서 유명호 감독이 북산의 불안요소로 지목했던 풋내기 강백호가 도리어 능남의 불안요소가 되어 버리는 반전은, 사실 반전이 아니었다. 유명호 감독에게는 충분한 경험이 있었다. 다름 아닌, 능남의 주축으로 성장한 황태산에게서 덜어 낸 과거였다.

황태산의 잠재성을 끌어내는 과정에서 유명호 감독은 크나큰 착오를 빚는다. 실력이 검증된 윤대협에게는 항상 당근이 주어졌고, 그저 투지만 앞세우는 황태산의 앞에는 늘 채찍이 놓여 있었다. 하지만 타박에 무던할 줄 알았던 황태산이 실상 더 섬세한 성

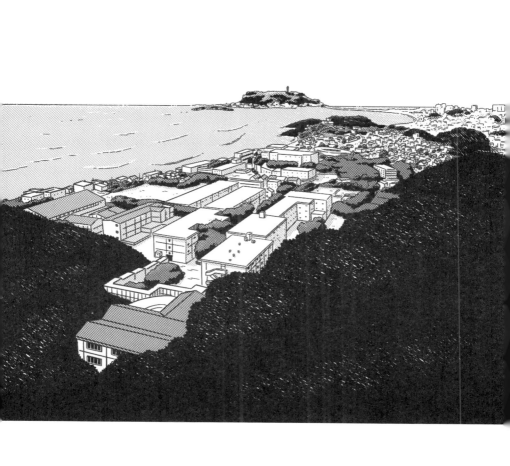

격이었다. 켜켜이 쌓인 황태산의 설움은 결국 감독을 향한 분노로 터져 나왔고, 황태산의 농구부 활동은 무기한 금지된다.

결과적으로는 황태산을 더욱 성장시킨 방황의 시간이 되어 주긴 했지만, 성장은 황태산 스스로의 의지였을 뿐, 감독은 방황의 책임으로부터 자유로울 수 없는 입장이다. 다행히 유명호 감독은 자신의 방식이 잘못된 선택이었다는 점을 인정하고 반성하는 어른이다. 사실 이 비슷한 경우를 맞닥뜨리는 많은 어른들이 자신의 잘못을 깨닫지 못하고 인정은 더더욱 하지 않는다. 자신이 겪어 온 시간으로 타인의 시간을 일방적으로 예단하면서 도리어 그들을 방황으로 내몰기도 한다. 자신은 결코 틀리지 않았다는 결연한 믿음으로, 정작 그들이 엇나가게 된 책임에서는 한 발자국 물러서기도….

활동 금지 처분을 받고서 농구 밖으로 겉돌아야 했던 날들, 황태산에게는 하늘밖에 없었다. 텅 빈 하늘을 향해 던지는 황태산의 외로운 '왼손은 거들 뿐'. 그러나 어딘가에도 닿지 않고 되돌아오는 농구공의 궤적은 황태산이 처한 '지금 여기'의 상징이기도 했다. 자신도 잘 하고 싶어서 열심히 한 것뿐이었는데, 어디서부터 잘못된 것이었는지, 그 노력의 결과가 농구 밖으로 밀려난 '지금 여기'였다.

먼발치로 체육관을 스쳐 지나다가도, 체육관에서 들려오는 익숙한 소리에 잠시 걸음을 멈추는 황태산. 내가 있어야 할 곳은 저기인데, 나는 지금 여기에 있다. 동료도, 농구도, 열정도 없는 곳에 멈추어 서 있다. 멈춤의 시간동안 황태산의 가슴속에 켜켜이 쌓인 허기, 그 공허가 잉태한 황태산의 정체성은 간절함이었다.

다시 코트로 돌아온 황태산의 간절함으로 이루어 내는 적극적이고도 끈질긴 플레이는 팀의 큰 활력소가 된다. 어쩌면 에이스 윤대협에게서도 가능하지 않은, 결핍이 만들어 내는 집념인지도 모르겠다. 한동안 농구를 떠나 살았던 정대만의 결핍에 깃든 불꽃 투혼처럼….

호랑이에서 부처로

유명호 감독의 연장선상에 있는 사연은 '백발의 호랑이'에서 '백발의 부처'로 변신한 안감독의 비하인드 스토리다. 대학 농구계의 최고 명장으로 군림하던 안감독의 농구는 빈틈없이 잘 짜여진 조직력을 추구했다. 그렇기에 제아무리 화려한 이력과 출중한 재능을 자랑하는 선수라도 팀워크를 깨는 개인적 플레이는 용납

되지 않았다. 『슬램덩크』 내내 지적되는 서태웅의 자기중심적 플레이는 시기를 잘 만난 케이스라고 할 수 있다.

'백발의 호랑이' 시절, 안감독의 철학은 기초를 강조하는 스파르타식이었다. 스파르타식의 장점은 통제의 수월성이다. 통제 당하는 자들은 그 공포분위기에 주눅이 들어 더럽고 치사해도 말을 듣는 척할 수밖에 없다. 선수는 자신의 의견을 제대로 피력할 엄두도 내지 못한다. 어차피 자신의 소임은 말을 듣는 것이지, 말을 하는 것이 아니기 때문이다.

안감독의 철학은 분명 선수들을 위한다는 진심에서 비롯되었을 것이다. 하지만 성향에 따라 어떤 선수의 입장에서는 감독의 철학을 완성하는 부속품에 지나지 않다는 자괴감을 느낄 법도 하다. 최고의 명장이 이루어 내는 성과 앞에서는 자신을 반성해야만 한다. 판단은 내가 아니라 성과가 하는 것이다.

이런 안감독의 철학에 비껴간 유능한 인재가 있었다. 안감독은 선수의 재능을 제대로 키워 주고 싶었지만, 선수의 철학은 달랐다. 안감독의 농구는 승리를 위한 것이었을지는 몰라도 전혀 즐겁지가 않았다. 선수는 안감독의 강압적인 훈련방식을 거부한다. 거부의 방법론은 탈주였다. 자신이 원하는 자율적이고 즐거운 방식을 찾아 미국으로 떠난다. 안감독을 마주하기도 두려울뿐더러,

어차피 씨도 먹히지 않을 걸 알고 있었기에, 일언의 통보도 없이 자신의 이상을 찾아 떠나갔다.

그러나 자신이 원하는 농구는 미국에도 없었다. 천부적인 재능 하나만을 믿고 날아간 미국이었지만, 자신보다 뛰어난 숱한 재능들이 모여 있는 자율 속에는 재능을 발휘할 기회도 발전의 계기도 없었다. 자율을 옥죄는 강압에 숨이 막혀 뛰쳐나왔건만, 막상 열려진 자율 앞에서는 자신의 재능이 막혀 미칠 지경이다. 그토록 바라던 자율적인 풍토 속에서 도리어 방황이 시작된다. 뒤늦게야 안감독의 철학을 절실히 이해했지만, 모두를 등지고 떠나온 마당에 염치없이 다시 돌아갈 수도 없는 노릇이었다.

방황의 끝에서 그를 기다리고 있던 비극적인 사건, 선수는 세상을 떠났지만 세상에 남은 자책감은 안감독의 품에 안긴다. 감독 생활의 마지막을 장식하고 싶었던 최고의 인재를, 자신의 고집스런 지도방식으로 죽음에 이르게 한 것이나 다름없었다. 안감독은 '백발의 호랑이'라는 명성을 뒤로 한 채, 대학 농구계에서 떠나왔다. '백발의 부처'가 약체 북산고의 중생들과 함께하게 된 데에는 이런 사연이 숨어 있었다.

명예와 멍에 사이에서 가책의 무게에 눌려 튕겨져 나온 해탈의 경지, 속죄를 위한 구도의 길은 북산의 어린 선수들에게 꿈과 용기를 심어 주는 것이었다. 안감독은 부처라는 별명답게 아상(我相)을 버린다. 신랄한 지적보다는 스스로 깨달을 수 있는 기회를 제공한다. 자율과 믿음의 철학으로 점철된 즐김의 농구는 강백호, 서태웅, 정대만, 송태섭 그리고 채치수라는 제대로 된 주인을 기다리고 있었다.

17

왼손은 거들 뿐!

즐거운 반복

해남에게 패배한 이후 가진 자체 청백전에서, 안감독은 강백호가 지니고 있는 문제점을 스스로 깨닫게 해주고 싶었다. 안감독은 수비에 관한 한 팀 내에서 가장 탁월한 센스를 지닌 정대만으로 하여금 강백호를 마크하게 한다. 신장과 운동신경의 우세에도 불구하고 강백호는 전혀 득점 기회를 잡지 못한다. 더 정확히 말하면 골대 가까이로 접근조차 하지 못하고 있었다. 경기가 마음대로 풀리지 않자 나름의 창의성을 '남발'해 보지만, 창의성도 일단 그것을 가능케 하는 토대가 갖추어진 후에나 창의성일 수도 있는 법. 미들슛에 대한 기본기를 익히지 않은 자칭 천재의 무리수는, 누구나가 예상 가능한 진부함이었다. '강백호, 니가 하는 짓

이 늘 그렇지 뭘!'이라는 탄식과 함께하는….

당황의 발버둥으로 탄생한, 혼신의 힘을 실어 던지는, 자칭 '강백호 개발 몸 비틀며 슛'은 백보드를 넘어 관중석까지 날아간다. 이후 체계적인 연습을 통해 슛팅의 기초를 잡아 가는 강백호였지만, 전국대회 첫 경기에서 다시 한 번 이 슛을 쏘고야 만다. 가뜩이나 뭐가 제대로 풀리지 않는 상황에서, 상대방의 도발에까지 말려들던 차, 강백호의 슛은 다시 한 번 관중석으로 날아간다.

하염없이 애잔한 동선으로 멀어져 가는 농구공을 바라보던 팀원들은 온몸에 힘이 빠진다. 우리가 왜 이 말도 안 되는 상황을 지켜보고 있어야 하는지에 대한 대답도 해주지 않고, 강백호는 바로 교체되어 벤치로 불려 들어간다. 관중석에서 경기를 관전 중이던 해남의 전호장이 그 공을 전해 받았다. 전호장은 저런 놈한테 고전을 한 자신이라는 사실이 분하고 한심해 눈물이 날 지경이다.

반복에 의해서 습관이 형성되는 경우가 일반적이지만, 단 한 번의 시연만으로 체화가 되는 경우도 있다. 심리학에서는 '근접설'이라는 이론으로 설명되는 현상인데, 특정 동작이 그 동작이 일어나게 된 상황적 맥락과 함께 기억되었다가, 다시 마주한 비슷한 상황 앞에서 그 특정 동작을 반복하는 것. '강백호 개발 몸 비틀며 슛'은 당황과 흥분의 접점에 숨어든 강백호의 습관이었다.

습관은 차라리 없는 것만 못할 때가 있다. 그것이 하나의 체계로 굳어져 버리기 때문이다. 특훈 이전의 강백호가 림 가까이에서 던지는 슛들조차 족족 빗나갔던 이유 역시 잘못 들인 습관, 즉 나쁜 슛 자세였다. 공에 힘이 제대로 전달되지 않는 자세로 공을 던지다 보니 도리어 과도한 힘을 들이고 있었다. 힘 조절이 되지 않는 상황에서 조준은 더더욱 가능하지 않은 일, 실상 '강백호 개발 몸 비틀며 슛'은 그냥 막 던지고 있는 습관의 다른 표현이었을 따름이다.

"틀린 폼으로 아무리 연습해 봐야 아무 소용없어!"

채치수가 건넨 조언이 모든 선수에게 통용되는 건 아니다. 부득이 하게 '틀린' 자세로 슛을 쏘는 선수들도 있다. 어깨나 팔에 입은 부상의 흔적 속에서 성공률이 높은 자기만의 영점을 다시 잡은 사례들이다. 그러나 강백호의 경우는 영점의 포커스가 성공률이 아닌 그저 자신의 편의에 맞추어져 있었다. 실상 우리네 삶에서 발견되는 수많은 오류가 이런 원인에서 비롯되지 않던가. 현상 그 자체를 분석하는 것이 아니라 자신의 습관에 현상을 끼워 맞춘다.

채치수의 지도 아래, 강백호의 슛팅 자세는 볼을 잡는 법부터 리셋이 된다. 오른손은 넓게 펼치고, 왼손은 가볍게 '거들 뿐', 그리고 수직으로 뛰어올라 몸에 힘을 뺀 상태로 공을 가볍게 놓아 준다. 물 흐르듯 자연스럽게 이어지는 일련의 동작으로 숙달시켜야 했던 첫 번째 과제는 골밑슛이다. 뭘 가르쳐도 이건 천재에게 어울리지 않는 기술이네 어쩌네 하면서 늘상 투덜거리던 강백호였지만, 이때부터는 군소리 한마디 없이 자신에게 부여된 과제를 성실히 수행한다. 기본기 연습만 반복하던 강백호에게, 슛팅 연습은 즐거운 반복이었다.

반전의 대미

전국 최강을 이끄는 슈퍼 에이스 정우성에게 철저히 그리고 처절히 무너지고 있던 서태웅, 그를 무기력으로부터 구원한 각성은 어느 날의 윤대협에 관한 회상이었다. 그 모두를 보듬는 윤대협의 진정 어린 지적은 라이벌 서태웅까지 다독인다. 아무리 진정성이 어려 있어도, 라이벌의 충고를 인정하기란 쉽지 않은 일, '자기중심적'인 서태웅은 정우성에게 농락을 당하는 순간에야 윤대협을 떠올린다. 자신을 가장 잘 이해하는 이가 라이벌인 윤대협이었다는, 그래서 윤대협은 서태웅에게 질 수 없었던 것이란 아이러니.

자기중심적이었던 플레이가 팀 전원의 장점을 살리는 플레이로 바뀌면서 분위기는 다시 북산으로 넘어오게 된다. 그의 패턴을 간파하고 있었던 정우성 입장에서는 신경 써야 할 경우의 수들이 늘어났다.

'이번에는 뭘까?'

이전과 같지 않은 정우성의 셈법 속에서 그 변주가 포석이 되어, 이젠 이전과 같은 자기중심적 플레이도 패턴이 아닌 확률이다.

팀플레이를 위한 패스의 연속, 그러다 한 번의 돌파. 이미 말릴 대로 말려 버린 정우성은 그저 끌려갈 수밖에 없다. 그러나 그 분위기에 찬물 끼얹는 강백호의 실수. 서태웅의 동선 앞에 서 있다가 그의 진로를 방해한 꼴이 되었다. 그 '팀 킬'을 향해 빗발치는 관객들의 야유, 북산의 팀 분위기를 익히 알고 있는 이들은 서태웅에 대한 강백호의 질투를 의심하기도 한다.

"네 얼간이 짓은 원래 계산에 들어 있었다."

서태웅의 까칠한 어투는, 해남 전에서의 결정적 패스 미스에 대한 강백호의 가책을 구원하던 순간에도 그러했다. 그러니까 서태웅의 입장에서는, '괜찮다, 신경 쓰지 말라'는 의미로 건넨 그 나름의 배려였다. 그러나 강백호의 일방적인 라이벌 의식에 들려온 그것은 그저 '얼간이 짓'이다. 서태웅을 넘어서고 싶은 강백호에게 농구는 양가적인 증상이다. 더 잘 하고 싶은 마음에 일어나는 질투심을 가눌 길 없으면서도, 농구로써 스스로를 증명해 보이고 싶은 의지는 모멸감을 곧잘 참아 내기도 한다.

양호열은 그런 강백호의 마음을 가장 잘 이해하는 친구다. 서태웅이 자기중심적이라면, 강백호는 자기애적이다. 모든 상황이 자신을 경유해야 최선일 수 있다고 믿는다. 자기중심적 플레이에서 팀 플레이로 분위기 전환을 꾀한 서태웅이 자신에게도 패스를 할 거라 생각했고, 패스를 받고자 그 자리에 있었던 것. 이 장면은 대미의 복선이기도 하다.

그 자리는 나머지 팀원들이 전지훈련을 가 있는 기간 동안 학교에 남아서, 안감독과 친구들의 도움으로 특훈을 했던 지점. 그리고 대미를 장식하는 '왼손은 거들 뿐'의 오른쪽 45도였다. 내내 팀원들에게 패스를 했던 서태웅이 하필 그 순간에는 돌파를 선택했고, 본의 아니게 강백호가 진로를 방해했던 것. 이 해명은 농구 선수들이 아닌, 관중석에 앉아 있던 양호열의 이해로 흘러나온다.

도대체 왜 그랬을까? 분명 이유가 있었을 것이라는 믿음, 모두가 그를 비난하는 순간에도 그의 편인 양호열은 친구를 이해할 수 있는 데까지 이해해 보려 한다.

지역 예선을 통과하고 전국대회에 출전하기 전, 강백호에게 미들슛의 능력을 고양시키고자 실시한 안감독의 특훈. 이노우에 다케히코는 1년여 정도 전에 이미 '왼손은 거들 뿐'의 결말을 미리 그려 놓았다. 그의 인터뷰를 모아 놓은 책을 읽어 보니, 이미 이즈음에 산왕과의 경기에 대한 결말까지 구상해 두고 있었단다.

전국대회를 앞두고 안감독은 속성으로나마 강백호의 득점력을 배가시키고자 했다. 팀원 모두가 타지역의 팀과 합숙 평가전을 갖는 동안, 체육관에 홀로 남게 된 강백호는 안감독에게 1 대 1 개인교습을 받는다.

이젠 파워포워드로서 갖추어야 할 여간한 기술들은 다 익힌 것 같았는데, 남들 다 가는 합숙훈련에서도 제외시키면서까지 자신을 붙잡아 놓은 이 영감탱이를 강백호는 도저히 이해할 수 없다. 그러나 성취감에 심취해 잠시 잊고 있었던 사실 하나는, 골대에서 조금만 멀어져도 그곳이 자신에겐 득점의 사각(死角)이나 다름없다.

짧은 기간 동안 '천재'가 마스터해야 할 기술은 농구의 기본이라고 할 수 있는 미들슛. 강백호는 자신을 아직도 풋내기로 여기는 것 같은 감독이 못마땅하다. 그러나 미들슛이 전혀 들어가지 않는 자신도 할 말은 없다.

　안감독은 강백호의 친구들로 하여금 체육관 구석에 몰래 숨어 그의 슛동작을 캠코더로 촬영하게 한다. 녹화된 영상 속에는 엉성한 포즈로 말도 안 되는 슛을 남발하고 있는 풋내기 농구선수가 있었다. 강백호는 그것이 자신이 하고 있던 농구였음을 애써 부정한다. 풋내기의 눈에도 꼴사나운 슛팅폼은, 이상하지 않은 점을 찾기 어려울 정도로 이상했다.

　녹화된 영상을 반복 시청하면서 자신의 슛팅 자세를 고민하는 강백호. 이 즈음은 그가 '원래부터 모든 걸 갖춘 천재'로서의 강박에서 벗어나고 있던 시기이다. 이 며칠은 '자뻑' 강백호에게 반성적 거리를 확보해 준다. 자신은 자신이 생각하는 것만큼 멋진 농구를 하고 있지 않았다. 늘상 싸지르고 다니는 '천재'의 자격에도 부합하지 않는, 그저 풋내기에 불과하다. 이 지점이 『슬램덩크』의 대미였던 '왼손은 거들 뿐'의 복선이기도 하다. 강백호가 쏘아 올린 작은 공은 그렇듯 성찰과 성장의 결과였다.

　이 시기의 어느 날 강백호는 꿈을 꾼다. 이정환을 따라 나섰다가 마주치게 된 '전국에서 노는 녀석들', 그중에서도 자신에게 굴욕을 선사했던 명정공업의 김판석을 발라 버리는…. 현실에서의 상대는 김판석도 명정공업도 아니었지만, 보다 극적인 '왼손은 거들 뿐'의 대미가 기다리고 있었다.

전국대회에서 2회전 만에 맞닥뜨린 작년도 우승팀 산왕, 강백호는 부상을 딛고서 자신의 모든 것을 코트 위에 쏟아부으려 한다. 감독은 선수 생명이 끝날 수도 있음을 감안해 만류하지만, 강백호의 '단호한 결의'까지는 끝내 말릴 수가 없었다. 그러나 그 결연한 각오보다 한 발 앞서 찾아온 충격은, 자신이 그려 왔던 가장 이상적인 모션을 지니고 있는 선수가 바로 자신이 그토록 미워했던 서태웅이었다는 사실이다.

이미 다른 팀들에게조차 북산의 에이스로 통하고 있었던 서태웅, 그러나 서태웅이 에이스란 사실을 결코 인정할 수 없었던 강백호. 엉망진창이었던 자신의 슛동작을 교정하고, 자신이 상상했던 이상적인 포즈에 익숙해지고 난 후에야 비로소 서태웅이 보이기 시작한다. 그러나 어느 날 갑자기 나타난 것이 아니었다. 늘 그의 곁에 있었다. 그런데 이제서야 보인다. 갑자기 나타난 것은 새로워진 강백호 자신이다.

승부를 결정짓는 역전골은 강백호에게서 터진다. 자신에게 비로소 에이스로 인정받은 서태웅의 패스를 받아 쏘아 올린, 자칭 천재의 오만을 깨닫게 해준, 자칭 천재의 관성을 벗어던진, '왼손은 거들 뿐'의 미들슛. 각성과 반성의 연쇄 속에 승리의 히어로로 등극한 강백호는, 자신에게 각성과 반성 그 자체이면서도 영혼의 자극제였던 서태웅에게 성큼성큼 다가가 만화사에 길이 남을 명장면을 연출한다. 순간적인 도취 속에 서로에게 건넨 승리의 하이파이브.

여담이지만 움베르트 에코가 가장 잘 지은 제목으로 꼽는 소설이 뒤마 페르의 『삼총사』이다. 아시다시피 이 소설의 주인공은 삼총사가 아닌 달타냥이다. 주변부를 타이틀로 내걸면서 중심을 숨긴 반전의 미학이라는 평은, 『슬램덩크』에도 해당한다. 『슬램덩크』의 가장 큰 반전은, 강백호가 그토록 욕망했던 덩크가 아닌, '왼손은 거들 뿐'의 미들슛으로 장식한 대미가 아니었을까?

◈ 18 ◈

우연일지라도….

프리드로우 라인 덩크

북산과 산왕의 경기에 앞서, 해남은 전국대회에서의 첫 경기를 치르고 있었다. 하프 타임을 이용해 다음 경기 상대인 북산과 산왕의 선수들이 코트로 나와서 몸을 푼다. 전국 최강이라는 타이틀을 증명이라도 하듯, 산왕의 등장만으로도 경기장 여기저기서 터져 나오는 환호성, 관중 속에 북산의 편은 아무도 없는 것 같다. 이미 분위기에 압도당한 북산의 선수들의 움직임은 다소 부자연스럽다.

그 꼴을 가만히 지켜보고만 있을 강백호가 아니다. 같은 팀원들은, 제발 이젠 아무것도 하지 않았으면 좋겠거늘, 천성적으로 남들 앞에 나서길 좋아하는 '천재'는 기어이 무언가 애먼 짓을 저지를 분위기다.

후반전 시작 3분 전, 북산과 산왕의 선수들은 다시 코트 밖으로 빠져 나왔지만, 강백호만이 홀로 아직 코트에 남아 있다. 코트의 중심에서 거만한 표정으로 산왕 쪽을 돌아다보며 외친다.

"거기서 잘 보고들 있어라!"

외침의 끝에서 한 손에 농구공을 쥐고 골대를 향해 달려가는 강백호. 그리고 이어진 힘찬 도약. 결국엔 곧 죽어도 자신이 이 팀의 에이스라는 사실을 산왕에게 알리고자 하는, 이제는 같은 팀도 지긋지긋해하는, 또 다시 천재의 코스프레인가 보다 싶다. 그러나 지켜보고 있던 모두가 숨을 죽일 수밖에 없었던 건, 강백호가 도약을 한 지점이 프리드로우 라인 근처였기 때문이다. 90년대 내내 나이키를 먹여 살린, 지금도 마니아들에겐 프리미엄 아이템으로서의 명성을 유지하고 있는 조던시리즈의 로고, 마이클 조던의 상징이라고도 할 수 있는 프리드로우 라인 덩크. 강백호의 애먼 짓은 천재를 넘어선 황제의 코스프레였다.

높이의 능력치를 믿고 뛰어 올랐지만, 멀리뛰기의 역량이 다소 부족했다. 골대 안에 내리꽂혀지지 못하고 림과 손 사이에 끼인 농구공, 아주 익숙한 모습으로 바닥으로 꼬꾸라지는 애잔함, 후반전을 속개하기 위해 아파할 새도 없이 동료들에게 질질 끌려 나오는 초라함. 집중된 이목들 사이로 잠시 긴장과 침묵이 흐르던 경기장은 이내 한바탕 웃음바다가 된다. 전국 최강이라 불리는 팀 앞에서 기선을 제압하고 싶었지만, 결국엔 '니가 하는 짓이 그렇지 뭐!'가 되어 버린, 그냥 자기 자신의 코스프레였다.

자기 자신의 코스프레였다는 사실은 다소가 의미가 있는 지점이다. 지역 결선을 거치면서 덩크슛에 어느 정도 자신감이 붙은 강백호였지만, 불과 얼마 전까지만 해도 이와 비슷한 장면을 연출한 적이 있었다. 차이는 그곳에 림이 아닌 채치수의 머리통이 있었다 뿐이다. 다시 말해 자신의 능력치를 확신하고 힘차게 밟은 프리드로우 라인은, 몇 달 전까지의 강백호가 숱하게 실패를 거듭했던 슬램덩크의 도약지점이었다.

농구부 주장 채치수와의 첫 만남, 그리고 맞대결. 농구에는 문외한이었던 강백호가 생각해 낸 득점 방법은 덩크였다. 백보드로 힘껏 던진 후에 튕겨져 나오는 공을 그대로 잡아 골대 안으로 내리꽂는, 게다가 공중에서 공을 함께 맞잡은 채치수를 내동댕이치면서 성공시킨…. 이 정도면 스스로에게 가히 천재의 칭호를 부여할 만도 했다.

그러나 그 이후에는 좀처럼 덩크를 성공시키지 못한다. 강백호에게 있어 천재의 품격이기에, 시도는 끊임없이 이어지지만 잘

되지가 않는다. 그나마도 채치수의 머리통과 상대팀 주장의 머리통에 덩크를 작렬시킨 이후엔, 필요 이상 넘쳐나던 죽일 놈의 자신감에도 제동이 걸린다. 채치수와의 대결에서 성공시킨 덩크는 우연이었던 것일까? 단 한 번 맞아떨어진 우연으로부터 자칭 천재의 성장스토리가 시작된 것이었을까?

채소연의 성화에 못 이겨, 그러나 행복을 가득 담아 솟아오른 채소연 앞에서의 첫 덩크 시도는 백보드에 이마를 박고 바닥으로 꼬꾸라진 실패였다. 도약력에 비해 도약 지점은 너무 가까웠고, 도약 지점에 비해 도약력은 과했다. 게다가 체공시간 동안 도대체 뭘 어떻게 해야 하는지도 모르고 있던 시절, 그저 탄력의 관성이 이끄는 대로 흘러가 어색하게 마주한 것은, 강백호의 필살무기이기도 한 그 강인한 이마빡을 수줍게 기다리고 있던 백보드였다.

트라우마였을까? 이후 강백호의 도약은 사뭇 먼 곳에서 이루어진다. 체육관에 혼자 남아서 덩크슛 연습을 할 때도 림이 닿지 않을 거리에서 도약이 이루어진다. 덩크에 대한 영점이 잡히지 않은 상태. 그리고 림까지의 모자란 거리에 하필 채치수과 상대편 주장의 머리통이 들어와 있었던 것.

상양과의 예선경기에서는 수비수를 앞에 두고서도 덩크를 성공시켰다. 비록 공격자 파울로 기록되긴 했지만, 채치수와의 맞대결 이후 지겹도록 되지 않았던 슬램덩크를 공식 경기 중에 성공시킨 것. 이 경기에서 관중들이 던진 최고의 갈채는 강백호의 몫이었다. 그러나 한바탕 천재 타령으로 주접을 늘어놓을 줄 알았던 강백호의 반응은 모두의 예상과 달리 침착했다. 막상 성공시키고 나니 저 자신도 두근거리는 가슴을 주체할 수가 없다. 그러면서도 확신이 들지 않는다. 혹 이 또한 얼떨결에 성공시킨 우연이 아니었을까 하는 의심이 앞선다. 경기장을 가득 울리고 있던, 자신을 향한 환호성이 강백호에게는 들리지 않는다.

흥분을 진정시키지 못하고, 잠도 제대로 이루지 못한 강백호는 다음 날 아침 일찍 체육관을 찾는다. 한참 동안 멍하니 서서 림만을 바라보며 어제 있었던 일들을 떠올리는 강백호. 그리고 다시 한 번 림을 향해 솟아올라 본다. 이제는 덩크가 된다. 그렇게 원하고 바라 왔던 천재의 표상이 드디어 자신에게서 실현가능한 능력으로 갖추어졌다.

강백호의 프리드로우 덩크를 이렇게 해석해 볼 수도 있지 않을까? 예전에는 오류를 반복했던 기억이지만, 아직까지 그 안에 남아 있는 그 시절의 욕망이 재발견되기도 한다. '지금은 될까?' 하며…. 다음 단계의 이상을 오히려 과거의 오류 속에서 발견하는 경우가 있다. 예전에는 끊임없이 나를 방황으로 이끌던 길이, 나중에는 도리어 내가 가야 할 방향성이 되어 주는 경우가 있다. 강백호의 슬램덩크를 그토록 방해했던 먼 도약지점이, 이젠 도리어 강백호의 욕망이 되어 버린 것처럼…. 그렇게 하지 말았어야 했던 것이, 이젠 그렇게 되고 싶은 것이 되어 버린 역설.

개인적으로는 그런 경험이 있어서 이런 해석을 늘어놓아 봤는데, 모두가 공감할 수 있는 이야기인지는 모르겠다.

페이드 어웨이

지역에서만 64개의 학교 농구부가 예선을 펼친다. 그로부터 20여 년 후, 모든 면에서 일본을 앞지른 시대에도 공교육이 제공하는 스포츠의 인프라만큼은 부럽기도 하다.

『슬램덩크』의 전반부에서 이야기의 한 축을 담당하고 있는 능남고는 8강 시드 배정을 받아 놓을 정도로, 지역에선 강호로 통한다. 그런 능남고의 주장인 변덕규가 지역에서도 약체로 꼽히는 북산고를 예의주시하는 이유는 채치수 때문이다. 변덕규에게 굴욕을 선사했을 정도로, 센터로서의 역량만큼은 인정받고 있던 '전

국제패의 꿈'이었다.

5회전부터 예선을 치르는 능남의 선수들은, 이전과 전혀 다른 팀으로 재정비된 북산의 첫 경기를 관중석에서 관람하고 있었다. 역시 이 경기를 지켜보고 있던 지역의 No.1 해남의 정체가 일부 드러나기도 한다.

북산의 2회전도 관람하고자 변덕규는 전철에 올랐다. 변덕규의 키에 압도된 승객들이 낮은 목소리로 웅성거리기 시작한다. 그 비슷한 웅성거림이 다음 칸에서도 들려온다. 고개를 돌린 변덕규의 시야에 맺힌 누군가는, 자신만큼이나 큰 키에 상양고 농구부 마크가 새겨진 점퍼를 입고 있었다. 지역에서는 최강 해남의 라이벌이면서도, 언제나 2인자에 머물고 있는 상양의 존재가 성현준을 통해 드러난다. 성현준 역시 북산의 경기를 보러 가고 있던 중이었다.

먼발치에서 북산의 활약상을 지켜보는 성현준의 곁으로 변덕규가 다가와 아는 체를 한다.

"일부러 보러 올 가치가 있었나?"

지역 내 2인자여도 전통의 농구명문의 주축이 뭐가 불안해서 친히 왕림을 한 것일까? 그러나 변덕규의 질문에 대한 대답은 변덕규 자신도 이미 알고 있다. 성현준의 포지션 역시 채치수와 맞붙어야 하는 센터였다.

시드 팀인 상양에겐 북산과의 8강전이 지역예선의 첫 경기였다. 상양의 선수들에겐 북산을 이기는 게 목적이 아니다. 북산에게 4강의 자리는 아직 이르다는 사실을 어떻게 느끼게 해주느냐가 관건이다.

"우리들은 상양이다."

최강 해남만큼이나 강한 프라이드를 지닌 상양의 선수들에겐, 이 경기에 에이스 김수겸까지 출전한다는 사실 자체가 굴욕이다. 위기 때마다 출전의 의지를 불태우는 김수겸을 한사코 가로막는 성현준에게, 친구 김수겸은 그런 자긍심이다. 그러나 끝내 김수겸이 출전을 하고서도 패배하고 만 상양이 간과했던 사실은, 자신들의 프라이드를 뛰어넘은 상대팀의 투지였다. 너희가 상양인 걸 뭐 어쩌란 말인가? 우리들은 북산이다.

상양의 첫 득점은, 채치수를 앞에 두고 성공시킨, 성현준의 페이드 어웨이 슛. 채치수의 파리채 블로킹을 극복하기 위해 저 스스로 각을 만들어 내는 테크닉. 림으로부터 멀어지면서 잠재적 높이를 번다.

농구선수라면 기본적으로 갖추고 있는 역량이지만, 이노우에 다케히코는 그 표상으로 성현준을 택했다. 채치수와 변덕규가 강철의 센터라면 성현준은 부드러움을 갖춘 센터라는, 능남 유명호 감독의 평가를 그 이유로 들 수 있을까? 그래서였는지, 모션도 다소 과장되게 그렸다. 마이클 조던도 그렇게까지 기울어지진 않는다.

　장신 군단의 상양이 간과했던 점이 북산의 잠재적 높이이기도 했다. 이 경기가 가져온 아이러니는, 상양의 평균 신장이 강백호의 리바운드 능력을 북산의 확실한 전력으로 자리매김하게 했다는 사실이다.

　비록 공격자 파울이 선언됐지만, 강백호는 이 경기에서 처음으로 덩크를 성공시킨다. 그도 성현준의 수비를 앞에 두고 작렬시킨 쾌거. 이전까지만 해도 덩크에 대한 강백호의 강박은 림과의 거리조절에 실패하고 있었다. 이 날은 어쩌다가 우연히 성공시킨 것은 아니었을까? 스스로에 대한 의심으로 다음 날 아침 일찍 체육관을 찾은 강백호는, 어제의 성현준을 떠올리며 다시 한 번 덩크를 시도해 본다. 이제 덩크가 된다. 결코 우연이 아니었다.

　이 상황은 이렇게도 해석할 볼 수 있지 않을까? 상대팀 선수의 머리에 덩크를 작렬할 지경으로, 이전까지 도약의 지점을 잘못 잡았던 강백호에게, 반칙을 유도하기 위해 미리 자리를 선점하

고 있었던 성현준이 도리어 도약의 명확한 영점이 되어 준 것이

라는….

#4

난 지금입니다!

포기를 모르는 남자

미화된 과거

지역을 대표하는 중학교 MVP가 되었던 시합, 이미 패색이 짙었던 분위기는 정대만을 설득하고 있었다. 마음의 소리 역시 포기를 말하고 있었다. 그때 내빈석에 앉아 있던 안감독이 엔드라인 밖으로 굴러 나온 공을 주워 주며 건넨 한마디로부터 중학생 정대만의 감동 신화는 다시 쓰여진다.

정대만은 스스로를 '포기를 모르는 남자'로 정의 내린다. 포기하지 않았기에 끝내 이길 수 있었던 추억 속의 한순간을 자기 정체성으로 기억하고 있다. 농구를 떠나 있던 공백의 시간만큼이나 다른 선수들에 비해 금세 피로를 느껴 버리는 그를 지탱하는 자기믿음의 전제인 동시에 스스로 증명해 내야 하는 숙제이기도 한, 안감독의 테제가 바로 '포기하면 그 순간이 바로 게임 종료'이다.

먼 길을 에둘러, 다시 제자리로 돌아온 탕아. 정대만은 참회의 의미로 그동안 길렀던 머리카락을 잘라 낸다. 정대만이 머리카락을 길렀던 이유는, 어쩌면 자르기 위해서였는지도 모른다. 자신의 몸에 지닌 오류의 시간, 그것이 잘려 나갔음을 확인할 수 있는 가시적 상징물이다.

그러나 안감독의 눈에 간간이 비치는 정대만의 불안 요소는, 공백의 시간을 절감할 때마다 찾아드는 스스로에 대한 불확신이었다. 머리카락은 잘라 냈지만, 그 머리카락과 함께 자라난 것들까지는 쉽사리 떨쳐 내지 못하고 있었다.

극복의 방법론은 스스로에 대한 믿음이었다. 가장 화려했던 시절의 자신을 기억해 내겠다는 의지와 더불어…. 경기를 거듭할수록 두터워지는 동료들과의 신뢰 속에서 이 믿음 또한 더욱 공고해져 간다.

정대만의 과거는 중학교 MVP의 이력으로 설명되지만, 그도 지역에 한정된 타이틀이었을 뿐이다. 중학생 시절의 정대만은 정말로 굉장했을 것이라는 후배들의 짐작에 대한 권준호의 대답 역시 '아니'였다. 그리고 이어진 진실은,

"후회가 깊은 만큼, 녀석은 과거를 미화시켜서 지금의 자신을 채찍질 하고 있는 중이야."

정대만의 기억 속에서 자신의 과거는 바뀌어 있다. 누구나 떠들어 대는 '왕년'과 같은 속성이면서도 전혀 다른 기능. 정대만은 그 미화된 '왕년'에 합당한 지금을 만들어 간다. 그리고 스스로에 대한 믿음은 언제나 '포기를 모르는 남자'라는 이 결연한 다짐과 함께한다.

실상 정대만은 농구를 포기한 적이 있다. 그러나 정대만이 다시 농구공을 맞잡은 순간, '포기'는 어제에 멈춰 선 결론이 아닌 오늘에 이르기 위해 겪은 과정일 뿐이다.

자신이 있어야 할 곳에 있지 못했던 시간들을 결론이 아닌 과정으로 만들기 위해, 팔을 들어 올릴 수도 없을 만큼 지친 몸을 다시 일으켜 골대를 향해 내달린다. 그의 질주는 멈추지 않는다. '포기를 모르는 남자'이기 때문에….

과거에 벌어진 사건은 돌이킬 수 없지만, '지금 여기'에서의 믿음에 따라 그에 관한 해석은 얼마든지 달라질 수가 있다. 그것이 정말 순도 높은 절망이었는지, 아니면 절망이 주고 간 더 큰 성장의 가능성이었는지는 나의 선택에 달려 있다. 이 순간을 언제고 아름답게 돌아보기 위해서라도, 저마다의 최선으로 만들어 가야 할 오늘의 기억이 아닐까?

그가 쏘아 올린 3점 슛

3학년 중 유일하게 스타팅멤버가 아닌 농구부 부주장, 그러나 자신이 이 멤버들과 농구를 할 수 있다는 사실 하나만으로도 그저 행복한 권준호. 농구로의 진로를 고민할 만큼의 실력도 되지 못하고, 출전 시간도 보장받지 못하는 입장이지만, 조금이라도 더 이들과 함께 농구를 하고 싶다. 전국제패까지는 바라지 않지만, 전국대회로 진출하지 못한다면 지역 결선리그가 그의 은퇴경기가 된다. 그마저도 은퇴경기에 뛸 수 있을지가 미지수인 식스맨이다.

농구선수로서는 마지막 경기가 될지도 모르는 능남과의 결전. 경기 종료 2분을 남기고 탈수증세를 보이며 쓰러진 정대만 대신 권준호가 투입된다. 1점 차의 벼랑 끝 승부에서 능남의 수비진은 서태웅을 집중 마크하고 있었고, 덕분에 결정적 기회는 권준호에게로 이어졌다. 허를 찌르겠다는 의도가 아니더라도, 여간해선 서태웅에게 패스하지 않는, 참으로 일관된 강백호의 관성이 권준호를 택한 것.

  권준호에게 찬스가 왔다. 어쩌면 승부에 쐐기를 박을 수도, 아니면 뼈아픈 역습을 허용할 수도 있다. 단 한 번도 승부의 열쇠를 쥐어 본 경험이 없는 조연이었지만, 그렇다고 지금에 와서 주역을 욕심내는 것도 아니다. 나의 실수로 인해 모두의 꿈이 좌절되는 것은 아닐까 하는 두려움도 없진 않다. 지금 이 중요한 순간에 내가 슛을 쏘는 것이 맞을까? 나에게 그런 자격이 있을까? 하는 의심도 든다.

  공이 림을 향해 날아가는 잠깐의 시간 동안, 머릿속을 스치는 지나간 날들의 아련한 기억. 중학교 1학년 때 채치수와 처음 만났던 날, 채치수와 함께 겪은 숱한 패배의 순간들, 농구를 그만두고 떠나가는 동료들의 뒷모습을 지켜봐야 했던 하루하루. 정대만과의 만남, 곁에서 지켜봐야 했던 그의 절망, 늘 궁금했던 그의 방황, 예상치 못한 그와의 재회. 건방질 정도로 당당했던 송태섭의 첫인상. 그리고 오늘을 있게끔 해준 슈퍼문제아 강백호와 에이스 서태웅의 낯선 등장. 자신이 겪은 북산 농구부의 모든 시간들이 파노라마처럼 스친다. 그리고 회상 너머로 체공 시간을 다한 농구공은 골대 안으로 빨려 들어간다. 권준호의 3점슛이 들어갔다. 전국으로의 진출을 확정 짓는 3점포, 선수 생활의 연장을 스스로 이루어 냈다.

세상은 늘 결과론적으로만 해석한다. 들어간다면야 옳은 판단이었다. 들어가지 않았다면 옳고 그름의 판단보다도 자책이 앞서 있었을 것이다. 하지만 권준호도 이 신화창조의 시작부터 함께했던 원년멤버. 원대한 포부는 아닌, 그저 체력을 길러 볼 요량으로 시작한 농구였지만, 결코 포기하지 않았고 떠나가지 않았다. 연이은 좌절의 스토리 속에 정말로 농구를 좋아하게 된 자기 자신을 깨달은 어느 날이 있었기 때문이다.

뛰어난 조건의 피지컬도 아니고 선천적 센스도 지니지 못한, 오로지 노력만으로 이루어 낸 겨우겨우 보통. 이노우에 다케히코는 그 보통의 존재들에게도 주인공으로서의 기회를 부여한다. 보통의 존재에게도 한 번쯤은 허락되는 삶의 감동, 우리의 삶에는 왜 만화와 같은 감동의 순간이 없을까? 왜라니? 우리가 만화 주인공들처럼 살지를 않으니까.

기회만 주어지면, 모든 걸 던질 수 있을 것처럼 말하는 이들. 그런데 그도 모든 걸 던져 본 경험이 있어야 가능한 일이다. 그런 삶의 태도가 기회로 이어지는 것이기도 하고…. 기회는 기회처럼 다가오지 않으며, 또한 현재 그 자체도 아니다. 언제고 다가오는 것이 아닌, 오래전부터 이미 시작되고 있어야 했던 것이다.

좋아하는 것 앞에서는 실패 따위가 멈춤의 이유가 되지 않는다. 몇 번의 실패로 떠나가고 포기할 정도라면 그것은 좋아하는 일이 아니었을 공산이 크다. 그 일이 빚어내는 성과를 욕망했던 것이지 않았을까? 연기자가 되고 싶은 것이 아니라, 뮤지션이 되고 싶은 것이 아니라, 그저 스타가 되고 싶었던 허망한 꿈처럼…. 비록 결과를 장담할 수는 없더라도, 좋아하는 일에 쏟아부은 열정과 노력의 시간들을 담아 쏘아 올린 농구공. 그것만으로도 권준호에게 슛을 쏠 자격은 충분했다.

삶의 순간순간은 갈등과 선택의 반복이다. 할까? 말까? 이게 정말로 맞는 것일까? 내게 그런 자격이 있을까? 그렇다고 다른 누가 대신할 수도 없는 갈등과 선택이며, 또한 스스로가 감당해야 하는 몫이다. 어떤 선택에도 사후적 해석은 뒤따르기 마련이다. 탁월한 선택이었다는, 혹은 섣부른 판단이었다는….

섣부른 판단이었다는 결론 앞에서 스스로에게 묻는다. 다시 그 순간으로 돌아간다면 다른 선택을 할 수 있었을까? 다른 선택이었다면, 그 결과는 달라졌을까? 삶의 동선에 기가 막힌 타이밍으로 가로놓이는 우연들은 언제나 존재하는 법. 다시 돌아간다 해도, 그 새로운 과거로부터 어떤 다른 미래가 펼쳐졌을지는 또 모를 일이다. 결과론적으로 돌아보니 실패를 향해 내딛은 돌이킬 수 없는 걸음이었을 뿐, 그 오류의 순간조차도 내가 할 수 있는 최선이었다. 그렇듯 우리는 매 순간 최선을 산다. 그것만으로도 우리에겐 충분한 자격이 있다.

에이스의 품격

슈퍼에이스

각성과 성장이라는 면에서 강백호와 평행을 이루는 인물은 서태웅이다. 강백호가 무에서 유를 창출해 가는 과정이라면, 서태웅의 여정은 이미 갖추어진 발군의 실력으로 다른 실력자들을 넘어서는 일종의 도장깨기다. 강백호와 서태웅의 결정적 차이, 자칭 에이스냐, 타칭 에이스냐. 강백호는 강자의 실력을 좀처럼 인정하지 않는 반면, 서태웅이 강자를 인정함에 있어 열등감은 관여하지 않는다. 실력의 차이에서 갈라져 나오는 시력의 차이, 서태웅에게 보이는 것들이 아직 강백호에겐 보이지 않는다. 그런 강백호에게 하물며 서태웅이 보였겠는가.

무너진 자존심을 대하는 방법론에도 차이가 있다. 강백호의 자존심은 자신보다 나은 실력자를 외면하는 반면, 서태웅의 자존심은 상대를 기꺼이 넘어서리라는 의지와 신념을 서포트한다. 하여 서태웅에게 강자는 비난의 대상도 폄하의 대상도 아니다. 어차피 넘어설 것을 다짐하고 다가선 벽이기에, 장애물도 아니다. 벽 앞에 서 있는 자신의 능력치를 확인시켜 주는 바로미터, 자신의 발전도를 확인시켜 주는 통과점에 지나지 않다.

각 팀마다 존재하는 에이스이지만, 심리적 포지션으로 서태웅과 대치하는 인물은 능남의 윤대협과 산왕의 정우성이다. 경기 내내 특유의 너스레로 유쾌함을 잃지 않는 윤대협, 때론 산만하지만 한번 집중하기 시작하면 한 치의 빈틈도 허락하지 않는 정우성, 상대를 통해 발전을 거듭하는 서태웅. 그들에겐 공통점이 있다. 상대의 강함 앞에서 웃음을 지어 보이는 여유와 자신감이다. 승부사로서의 기질은 그 강함 앞에 움츠러드는 것이 아니라 오히려 그 강함을 즐긴다. 결국엔 그 강함을 넘어설 것이라는 스스로에 대한 믿음으로 굳건하기에….

서태웅의 도전을 맞아 주는 윤대협과 정우성의 얼굴에는 미소가 떠나질 않는다. 무엇인가 흥미로운 사건을 발견한 아이마냥, 이미 승부의 결과를 넘어서, 그 승부 그 자체를 즐긴다. 니체가 그토록 바라던 '초인'으로의 영원회귀, '놀이'를 즐기는 '아이'의 경지라고나 할까. 『슬램덩크』의 에이스들은 니체의 철학을 단적으로 그리고 행동으로 보여 주는 전형들이기도 하다.

서태웅 역시 상대에게 당한 굴욕을 툭툭 털며 웃어 보인다. 상대의 경이로운 플레이 앞에서도 주눅이 드는 법은 없다. 그저 백코트하는 상대의 등 뒤로 가벼운 독백을 흩뿌릴 뿐이다. 이미 지나간 굴욕 따윈 기억에 담아 두지 않는다. 이번에는 내가 무엇을 보여 주며 신명나게 놀아 줄 것인가에만 몰두할 뿐이다.

분명 내가 좋아하는 스포츠임에도, 게임이 전혀 재미없는 방향으로 흘러가 버리는 때가 있다. 내가 감당하기에는 상대방의 레벨이 월등히 높거나, 같이 놀아 주기에는 상대방의 실력이 형편없는 경우다. 재미가 없다 보니 게임에는 몰입도 되지 않는다. 그냥 게임이 빨리 끝나기만을 바랄 뿐이다.

가장 재미있는 경우는 자신보다 약간 높은 레벨과의 승부. 접전의 긴장감이 주고 가는 쾌감은 비록 패배를 하더라도 다음 번의 도전으로 이어진다. 심리학에서는 '대시 효과'로 설명할 수 있는 사례로, 약간 난이도가 있는 과제에 더욱 집중도를 발휘한다는 이론이다. 이미 자신에게서 완수된 미션보다는, 자신의 발전도를 확인할 수 있는 다음 단계의 미션에 더욱 흥미를 느낀다는 것.

국내에서는 당해 낼 자가 없었던 정우성에게 서태웅이 오랜 지

루함 끝에 맞닥뜨린 그나마의 '흥미'였던 것도 비슷한 맥락이다. 상기된 표정으로 서태웅을 처참히 무너뜨리는 정우성은, 마치 귀찮은 손길로 강아지를 농락하는 장난꾸러기 아이처럼 얄밉기까지 하다.

서태웅은 완벽의 에이스는 아니었다. 그에 비해 정우성은 모든 것이 완벽한 궁극처였다. 두 선수 모두가 다음 단계로의 발전을 욕망하는 존재들이었지만, 서태웅은 자신보다 나은 상대를 통해 발전을 꾀할 수 있는 입장이었던 데 반해, 정우성은 적어도 국내에서만큼은 언제나 정점의 위치에서 도전자를 기다리는 입장이었다. 그러나 최고의 자리가 도리어 정우성 자신에게는 닫힌 체계였다.

서태웅은 언제고 윤대협에게서 자신의 불완 요소를 지적받은 적이 있다. 그리고 결정적인 순간에 떠올린, 윤대협의 조언으로부터 정우성에 대한 해법이 다시 쓰여지기 시작한다. 결과적으로는 서태웅의 불완이 도리어 정우성의 완벽을 넘어설 수 있는 조건이었던 셈. 그에 비해 한 번도 져본 적이 없는 정우성의 완벽은, 지적을 해줄 사람도 없었을뿐더러 지적할 만한 점이 있지도 않았다. 동료들의 신뢰 역시 단 하나의 가능성만을 바라보고 있었다. 정우성이라면 반드시 이길 것이라는….

아이러니하게도 정우성이 질 수밖에 없었던 건, 그가 한 번도 져본 적이 없었기 때문이었다. 윤대협과 서태웅이 결코 자신보다 뛰어난 에이스라는 사실을 인정하지 않는 강백호도 정우성만큼은 인정한다. 하지만 져본 적이 없는 완벽의 이력은, 풋내기 강백호에게도 예측 가능한 단 하나의 경우의 수를 향해 있다. 어떤 상황에서도 본인이 직접 해결하려고 들 것이다.

"정우성 녀석은 패스하지 않아. 진 적이 없기 때문이야!"

강백호가 채치수에게 건넨 제안은 경기의 흐름을 바꾸는 승부처가 된다. 서태웅에게 굴욕을 선사했다가 서태웅의 역습에 호되게 당하고 만 정우성은, 설욕을 위해 다시 한 번 서태웅의 빈틈을 헤집고 들어간다. 그 길목을 미리 지키고 있던 강백호, 강백호의 블로킹을 피하기 위한 정우성의 더블클러치, 그러나 강백호의 뒤에는 정우성의 동선을 미리 계산하고 뛰어오른 채치수의 블로킹이 기다리고 있었다.

정우성을 넘어서는 서태웅의 한 방은 정우성을 흉내 낸 기술이었다. 정우성에게 밀리던 시간은 도리어 정우성을 체득하는 시간이기도 했다. 그렇듯 길을 잃고 방황하는 시간은 길을 체득하는 시간이기도 하다. 멈추지 않고 나아가는 한에서….

"도저히 끝을 알 수 없는 놈이야!"

서태웅에 대한 채치수의 찬사는, 열려 있는 가능성으로서의 '알 수 없는 끝'에 관한 것이기도 하다. 때로 끝을 모르도록 방황하더라도, 그 와중에 조금씩 더 넓어지고 깊어지면서, 경계를 지우며 점점 더 뒤로 밀려나는 지평의 끝. 이는 독자로 하여금 지금의 페이지를 읽으면서 다음 페이지를 궁금하게 하는 이노우에 다케히코의 역량이기도 하다.

에이스 킬러의 가책

북산의 대결상대였던 모든 팀들은 어떤 면에서는 '적'이지만, 결코 악은 아니다. 그들 역시, 저마다의 이유를 지닌 또 하나의 북산이었을 뿐이다. 반면 북산이 전국대회 1회전에서 맞닥뜨린 풍전의 선수들은 적잖은 인성의 문제를 드러낸다. 그러나 이노우에 다케히코는 그들이 그렇게 될 수밖에 없었던 사연에 대해서도 해명의 기회를 부여한다.

풍전의 선수들이 '런 앤 건' 전략에 집착하는 이유는, 학교로부터 부당 해고를 당한 노감독이다. 속공의 농구로 지역대회 우승과 전국대회 8강을 일구어 냈던 노감독이었지만, 그 결과가 당연한 것으로 인식되면서 그 이상의 성적을 거두지 못하는 책임을 도리어 노감독의 '런 앤 건' 전략에 따져 물었다.

선수들은 새로 부임한 감독의 전략이 아닌 노감독의 전략으로 우승을 하고자 한다. 노감독의 농구철학이 틀리지 않았다는 사실을 증명해 보이기 위해, 노감독을 학교 밖으로 밀어낸 어른들을 적으로 돌려세운다. 선수들에게 어른들은 악의 존재다. 그들의 비뚤어진 태도는 노감독과의 의리를 지키고자 했던 '선'이기도 했다. 자신들의 선의를 가로막는 상대팀들에게 호의적일 수가 없었다. 이들이 저지르는 잦은 반칙과 심리적 도발이 그들 스스로에겐 관용의 범주일 수 있었던 것도, 나름대로는 정의의 입장이었기 때문이다.

이미 '에이스 킬러'라는 불명예스러운 '전국구' 꼬리표가 붙어버린 지경, 풍전의 에이스 남훈은 스스로를 정당화한다. 우리에게 승리보다 중요한 것은 없다고…. 그러나 자신들의 방법론이 정당하지 않다는 사실을 모르지 않는다. '에이스 킬러'라는 오명이 붙게 된 사연 역시, 의도적인 기획은 아니었다. 부상을 입힌 상대편 선수에 대한 미안함도 지니고 있다. 그러나 돌아서기에는 너무 멀리 와버렸다.

실상 노감독의 농구철학이 '런 앤 건'이었던 이유는, 그것이 현대농구의 추세이어서도, 우승을 위한 가장 효율적인 전략이어서도 아니다. 빠른 전개와 많은 득점이 가능한 '런 앤 건'은, 어린 선수들로 하여금 농구를 즐길 수 있게 하는 가장 좋은 방법이었다. 남훈이 잊고 있던 사실, 그러나 가책으로나마 어렴풋하게 기억하고 있었던 사실, 풍전은 게임 그 자체를 즐길 줄 모르는 팀이었다.

남훈이 '에이스 킬러'가 된 사연은, 어쩔 수 없는 선택이었다는 변명을 동력으로 한다. 이기기 위해서는 상대팀의 에이스가 없어야 한다. 저 자신도 팀의 에이스인 남훈은, 그것이 자신에게 맡겨진 소임인 양 스스로를 정당화한다. 일말의 가책이 없었던 건 아니다. 아니 사실 너무 미안해하고 있었다. 그러나 이미 일어난, 돌이킬 수 없는 일에 대하여 그 자신이 나약해지는 순간, 팀원들을 이끌 수 없다.

승리를 위해서라면 기꺼이 '에이스 킬러'의 오명 정도는 감내하겠다, 왜곡된 헌신의 신념으로 버텨 온 나날들. 그러다 북산의 에이스 서태웅을 맞닥뜨린 어느 날, 그간 모질게 눌러 왔던 가책이 신체의 증상으로 뻗어 나온다. 도통 슛이 들어가질 않는다.

그 무기력으로부터 벗어난 계기는 자신이 왜 농구를 시작했는가의 질문이었다. 이기고 싶은 마음이야 왜 없었겠냐만, 그보다는

'좋아해서'라는 이유가 전부였던 시절이 있었다. 오랫동안 스스로에게서 잊혀졌던 질문을 다시 꺼내어 본 순간, 다시 숨이 들어가기 시작한다.

이대로는 이길 수 없겠다 싶은 상황에서 남훈이 택한 반칙의 효과. 의식은 그 선택을 밀고 나아간다. 팀을 위해서는 그것이 최선일 수밖에 없었으니까. 그러나 무의식은 '부재'의 방식으로 여전히 순수의 열망을 끌어안고 있다. 꼭 이렇게까지 해서 이겨야 하는 것인가에 대한 자문과 더불어….

굳이 정신분석을 끌어들이자면, 그 '부재'는 어떤 증상으로든 드러나기 마련이다. 하여 정신분석은 그 부재의 흔적들을 들여다보는 것. 쉬운 말로 하자면, 의식은 돌아보지 않으려 냉정함을 가장해도, 무의식이 가책을 짊어지고 있다는 것.

만화니까 몇 페이지의 분량으로 해결되는 문제이지, 만약 현실이었다면 시간 단위는 보다 길 것이다. 우리는 종종 묻곤 한다. '어디서부터 잘못된 것일까?' 그런데 실상 스스로도 알고 있지 않나? 그 지점을 대면할 용기가 없어서, 혹은 자존심이 용납하질 않아서, 어쩔 수 없다는 변명과 체념으로 묻어 두고 가는 것일 뿐이지. 그러나 무의식은 신체의 증상으로써 계속 질문을 던진다. 정말 이대로 괜찮은 거냐고….

그런데 또 한 번 허물어지면 생각보다 닿기 쉬운 지점이다. 남훈이 서태웅을 찾아가, 마음속 깊숙한 곳에 묻어 둔, 그토록 건네고 싶었던 사과의 표현을 꺼내어 보였듯. 실상 그 너머에는 존경과 애정의 표현이 숨어 있기도 했고, 서태웅이 자신을 미워하지 않는다는 사실을 확인했을 땐 더욱 미안했다. 농구라는 공통의 열망 앞에서는 언제든지 소울메이트가 될 수 있는 가능성이기도 했다.

틀렸음을 모르지 않는다. 그러나 틀린 것이어서는 안 된다. 그래서 이 선택이 이끄는 대로 그냥 가는 거다. 그로써 지켜 내야 할 것들. 그러나 그 왜곡의 신념으로 무엇을 얼마나 어디까지 지켜 낼 수 있는 걸까? 그러고 보면 이 만화에는 농구 이외의 많은 것들이 담겨 있었다.

천재의 자격

천재로의 여정

키에르케고르의 표현을 빌리자면, 사랑이란 그 감정이 처음 일었던 순간의 설렘을 반복해서 상기하는 '어제'의 속성이다. 실상 진행 중인 '오늘'의 사랑이란 건 기쁨의 감정만으로 유지되진 않는다. 이런저런 변수가 끼어들기 마련이다. 강백호에게 그 '어제'는, 채소연과 단둘이 체육관에서 보낸 어느 날이다. 강백호에게 채소연이 가르쳐 준 슬램덩크는, 채소연의 즐거움이기에 앞서, 채소연에게 즐거움을 줄 수 있는 강백호의 행복이다. 채소연이 짝사랑하는 서태웅의 존재를 아직은 몰랐던, 채소연의 시선이 자신에게로만 향해 있던 시간 속에 멈추어 선 스스로에 대한 그리움이다. 강백호가 그토록 슬램덩크에 집착하는 것도, 가장 행복했던

'어제'의 표상이기 때문이다.

『슬램덩크』는 초반에 채치수와 죽마고우인 '유도 사나이' 유창수를 등장시킨다. 강백호의 타고난 운동신경을 부각시키고자 한 출판사의 제안이었고, 이노우에 다케히코도 재미있을 것 같다는 생각에 별 이견 없이 수용했다고 한다. 유창수는 강백호가 채소연에게 잘 보이기 위해 농구부에 가입했다는 사실을 알고 있다. 그리고 채소연의 어린 시절 사진을 미끼로 강백호에게 유도부 입단을 권유한다. 그러나 유창수가 미처 계산하지 못했던 조건은 강백호의 '어제'였다.

강백호는 채소연의 시선을 갈망한다. 그래서 늘 슬램덩크에 목마르다. 기초 따윈 필요 없다. 머릿속엔 온통 자신을 바라보고 있을 채소연 앞에서 멋지게 슬램덩크를 작렬시킬 생각뿐이다. 그러니 홀로 체육관 구석에 처박혀 드리볼의 기초나 연습해야 하는 현실이 못마땅하다. 전혀 폼이 나지 않는다. 더군다나 채소연이 그 초라한 모습을 지켜보고 있다는 사실이 더 창피하다. 어느 순간부터 체육관의 구석은 강백호의 지정석이 되어 가고 있었다. 잠자리에 들어서도 체육관 바닥에 공을 튀기는 환청이 들릴 지경이다.

강백호가 '천재'를 참칭하기 시작한 것은 농구부 주장 채치수와의 맞대결에서 이긴 후였다. 물론 농구의 '농'자도 모르는 강백호에게 과도한 어드밴티지가 주어진 조건이었지만, 백호의 단순함 앞에서 북산고의 농구부 주장은 자신보다 하수가 된다. 그 하수가 계속해서 천재에게 드리블의 기초만을 강요한다. 천재는 그것이 불만이다.

어떻게든 이 지겨운 기초에서 벗어나려면 자신이 천재라는 사실을 입증해 보이는 수밖에 없다. 자신의 천재성을 증명해 보이기 위해 애걸복걸하며 겨우겨우 참여한 자체 청백전, 조급한 마음이 그리고 있는 그림은 채소연의 눈망울에 아름답게 작렬하는 슬램덩크다. 그러나 자신을 풋내기의 굴레에서 벗어나게 해줄 것이라고 믿었던 천재의 꿈은, 블로킹을 하기 위해 뛰어오른 채치수의 머리통에서 산산이 부서지고 만다. 이후 강백호에게 내려진 조치는 덩크 금지령, 강백호 입장에서는 정말이지 환장할 노릇이다.

슬램덩크는 강백호의 욕망이다. 아직 그 정도의 실력이 되지는 못하지만, 이미 자신을 천재로 규정한 이상 자신의 부족함을 인정할 수 없다. 하지만 '자신이고 싶은' 표상과 현실의 괴리감이 너무 크다는 사실도 인정하지 않을 수가 없다. 그나마 천재를 입증해야 했던 기회마저도 채치수의 머리통에서 처박아 버렸다. 변명의 여지가 없다. 다시 기초연습이다.

그러던 어느 날 강백호에게도 드디어 득점 기술을 연습할 기회가 주어진다. 유도 사나이 앞에서 당당히 '바스켓맨'을 외치며 돌아서던 순간, 그 모습을 몰래 지켜보고 있었던 채치수를 기쁘게 한 공로가 인정된 것. 강백호가 처음으로 전수받게 된 득점 기술은, 이른바 '풋내기 슛'으로 명명된 레이업 슛. 기초에서 벗어났다는 사실이 자못 고무적이면서도, 여전히 천재의 품격에 걸맞지 않다는 사실이 불만이다.

그런데 초보자나 하는 그 시시한 슛이 쉽지가 않다. 번번이 골대를 벗어난다. 더군다나 그 시범을 보이는 인물이 자신이 그토록 싫어하는 서태웅이다. 하고 많은 사람 중에 왜 하필 서태웅의 동작을 따라해야 하는 것인지, 시선을 서태웅에게 고정시켜야 한다는 사실부터가 자존심이 상하는 일이다. 그러나 더 자존심이 상하는 일은 이깟 풋내기 슛이 제대로 되지 않고 있다는 사실이다

천재에겐 재능이 있다. 노력 같은 건 둔재나 하는 것이다. 이게 강백호의 상식이었다. 그러면서도 천재의 자격에 부합하는 자신이 되기 위해, 남들 몰래 동네 공터의 농구골대에서 '풋내기 슛'을 연습한다. 그러나 아무리 노력을 해도 슛이 잘 들어가질 않는다.

그러다 아침운동을 나온 채소연과 우연히 마주치게 된다. 둔재들이나 하는 것이라던, 애를 쓰고 기를 쓰는 처절한 노력의 현장을 들켜 버린 당황스러움을 둘러대는 것도 잠시, 그저 채소연과 함께 있다는 사실에 행복해 죽을 지경이다.

남의 말에는 일절 귀를 기울이지 않던 강백호는, 그토록 싫은 서태웅의 시범 동작을 계속해서 상기하며 영점을 잡아 간다. 채소연은 오빠 채치수에게 들었던 '공을 림에 두고 온다'의 느낌을 강백호와 함께 고민한 끝에, 강백호의 풋내기 슛을 완성시킨다. 슬램덩크만을 고집하던 강백호에게 다가온 첫 성찰의 순간이었다. 그리고 그것은 서태웅에 대한 상기와 채소연에게 전해들은 채치수의 조언으로 가능했다. 강백호가 타인의 말을 듣기 시작한 것이다.

이 사건은 앞으로 일어날 강백호 농구 여정의 한 패러다임을 제시한 것이기도 했다. 강백호는 늘 배운다. 스스로 부여한 천재라는 칭호에 부합하는 자신이 되기 위해, 다른 농구부원이 모두 돌아간 시간에도 체육관에 홀로 남아 연습을 한다. 배움과 연습을 통해 매번 변해 간다. 일단 떠벌려 놓은 '천재'라는 명제를 참으로 증명해 내기 위해서….

포스트 조던

마이클 조던에게 물었다. 만약 전성기 시절의 기량이었다면, 지금의 NBA 선수들과의 1대 1 대결에서 이길 자신이 있느냐고…. 조던의 대답 속에 예외로 존재한 단 한 명의 선수가 코비 브라이언트였다. 조던의 표현을 그대로 인용하자면, "그는 자신의 모든 기술을 훔쳤다."

그 존재감이 조던에겐 다소 미치지는 못했을지라도, 코비 브라이언트를 포스트 조던으로 꼽는 데 이견이 있을 사람은 많지 않을 것이다. 신인 드래프트 1라운드 13순위, 드래프트 직후 다른 팀으로 트레이드 되어 샤킬 오닐의 거대한 그늘 밑에 조연으로 밀려나 있던 고졸의 신예에게, 마이클 조던은 자신의 미래였다. 조던을 존경하고, 조던처럼 되고 싶었던, 그래서 항상 조던에게서 배우고, 조던의 플레이를 따라했던 열정은, 끝내 포스트 조던을 넘어선 퍼스트 코비가 되었다.

강백호가 스스로에게 부여한 '천재'의 칭호는, 현재의 상태라기보다는 도달하고 싶은 미래였다. 그 자격에 걸맞는 능력을 갖추기 위해, 어느 순간부터 고집을 내려놓고서 배운다. 그것도 세상에서 가장 싫어하는 서태웅을 모델로….

"태웅군의 플레이를 잘 보고 훔칠 수 있는 것은 모두 훔쳐야 하네! 그리고 태웅군보다 3배 더 연습을 할 것. 그렇지 않으면 고교 시절 동안 절대 그를 따라잡을 수가 없어요."

전국대회 첫 경기인 풍전과의 경기에서 안감독이 벤치로 불러들인 강백호에게 건넨 말이었다. 예전 같았으면 한바탕 히스테리와 몽니를 부릴 만도 한, 강백호의 자존심을 건드리는 말이었지만, 이쯤엔 이미 강백호가 변해 있었다.

"풋내기가 상급자로 가는 과정은, 자신의 부족함을 아는 것이 그 첫 번째."

안감독의 말처럼, 실력자는 반성으로부터 잉태되는 조건일지 모르겠다. 늘 자신을 천재로 고집하던 강백호에겐 아직 실력도 안목도 부족했다. 그래서 다른 팀의 에이스들에게선 일찌감치 인정받고 있던 서태웅의 역량이 보이지 않았던 것이기도 하다. 그러나 전국무대를 밟을 즈음부터 강백호에게도 안목이 갖춰지기 시작한다. 서태웅이 실력은 실로 대단한 것이라는 사실을 인정하며 이때부터 서태웅의 어느 한순간도 놓치지 않는다.

서태웅에게서 확인된 또 한 가지의 사실. 자신에겐 2만 번의 연습량이었던 미들 슛이었지만, 서태웅의 몸에는 몇백 만 번을 쏘아 온 시간이 흐르고 있었다. 그렇듯 서태웅은 자신보다 앞선 시간을 살고 있는 미래였다. 부상으로 초점을 잡지 못하는 눈을 아예 감고서 성공시킨 서태웅의 자유투는, 천재란 결국 누적된 노력이 순간에 펼쳐지는 미분값이란 평범한 진리를 강백호의 뇌리에 새겨 버린다.

마이클 조던은 점프력도 점프력이지만, 다른 선수들보다 체공시간이 길었다. 동심의 눈으로 바라보면 정말이지 공중부양을 하는 듯한 '에어 조던'이었던 것. 다른 선수들보다 공중에서 반 개의 동작이라도 더 할 수 있었던 우월의 능력치에 덧대어진 미학, 덩크를 예술의 경지로 끌어올렸다는 찬사에 다소 가려진 조던의 면모는 높은 야투 성공률로 대변되는 성실함이다.

서태웅의 실제 모델이 마이클 조던이라는 팬들의 해석도 있는 바, 그것을 증명하는 듯한 장면이 전국대회 1회전에서 연출된다. 풍전의 에이스킬러 남훈에게 일격을 당한 서태웅은, 한쪽 눈이 부어올라 초점이 잘 맞지 않자 아예 눈을 감고 자유투를 던진다.

이 장면은 마이클 조던과 디켐베 무톰보의 일화로 유명하다. 요즘 친구들에겐 무톰보라는 이름도 낯설겠지만, NBA에 입성한 '아프리카의 꿈'으로도 잘 알려진 선수였다. 이 경기는 NBA에 데뷔한 무톰보가 조던을 처음 만난 날에 열렸던 것인가 보다. 농구를 좋아하는 누구에겐들 우상이 아니었겠냐만, 신인이었던 무톰보가 한창 신화를 써내려 가고 있는 조던에게 응석을 부린 결과였다.

마이클 조던은 그에게 NBA 입성을 축하한다는 의미로, 자유투 하나를 눈을 감고 던져 준다. 그런데 팬서비스 차원에서 종종 눈을 감고 자유투를 던진 적이 있었단다. 평소 슛연습을 얼마나 많이 한 자신감이었겠는가?

서태웅으로의 오마주는 결국엔 천재들이 더 열심히 노력한다는, 그래서 천재와의 거리가 쉽게 좁혀지지 않는 것이라는, 인생훈적 연출이기도 하다. 그렇게까지 할 수 있는 사람도 따로 있다. 노력도 재능이다. 하지 않는 사람은 끝까지 안 한다. 변하지 않는 사람은 끝까지 안 변한다.

가치 전환

무림고와의 지역 예선 2차전, 시합이 거의 종료될 즈음 경기장에 도착한 강백호는 출전의 기회를 얻지 못한다. 그러나 강백호의 리바운드가 없어도 무림고 정도는 가볍게 제압할 수 있을 만큼, 이미 지역 내에서 북산고의 입지와 위상이 달라져 있었다.

이날 강백호가 늦은 이유는, 아침 일찍 동네 공터에 나가 200 개의 골밑슛 연습을 하고서 땅바닥에 드러누워 청한 잠깐의 낮잠이었다. 『슬램덩크』 서사의 한 줄기는, 채소연에게 잘 보이기 위해 농구를 시작한 강백호가, 실상 자신이 정말로 농구를 좋아하고 있었다는 사실을 깨닫게 되는 각성의 연대기다. 이 즈음부터 채소연과 농구의 관계가 다소 역전이 된다. 드리블과 패스, 리바운드 등 화려하지 않은 기초만을 반복해 온 강백호에게 슛 연습은 즐거운 일이었다. '왼손은 거들 뿐'의 대미는 미들슛으로 구현되지만, 실상 이 골밑슛 연습에서 미리 등장한 복선이기도 했다.

며칠 후, 강백호의 골밑슛 연습을 지켜보던 안감독이 쓰러지는 사건이 발생한다. 지역 예선에서 능남과의 마지막 결전을 앞두고 있었던, 큰 경기의 경험이 없었던 북산이었기에, 이는 능남의 유명호 감독도 염두에 두고 있는 북산의 최대 불안 요소였다.

강백호가 안감독을 병원으로 옮긴 후 아주 잠깐 회상에 잠기는 장면에서, 이노우에 다케히코는 아버지의 존재를 건드리고 있다. 중학교 시절의 강백호가 고등학생들과 시비가 붙었던 어느 날, 아버지가 쓰러지셨다. 병원으로 달려가는 강백호를 가로막고 선 것은, 방금 전 중학생에게 흠씬 두들겨 맞은 고등학생들이 불러

모은 패거리들. 그 이후의 일은 독자들에게 알려지지 않았지만, 강백호가 훔치는 눈물로써 짐작할 수 있게 한다.

이노우에 다케히코는 왜 이 회상 장면을 그려 넣었던 것일까? 그만큼 안감독의 존재는 북산의 선수들에게 있어 아버지와도 같은 상징성이란 의미일까?

분명 과잉의 해석일 텐데, 일본의 인문 풍토를 감안하여, 굳이 정신분석의 용어로 설명하자면.….

프로이트의 '오이디푸스 콤플렉스'는, 사회의 질서체계를 대변하는 아버지에 의해 개인의 태생적 본능이 사회화되는 지점이다. 강백호와 그 친구들은 지역 내에서는 꽤나 잘나가는 불량학생들이었다. 자신의 폭력적 성향 때문에 아버지를 지켜 내지 못했던 강백호에게, 농구는 자신의 폭력적 성향을 순화시키며 승화된 열망이기도 하다.

그가 농구에 입문하기 전까지 '농구부 경민이'에게 상처받은 마음은, '그깟 공놀이'가 뭐가 재미있는지 모르겠는, 그냥 그런 운동이 있다는 사실 정도만을 알 뿐이었다. 그에게 하나의 의미체계가 된 어느 순간부터 강백호는 이 체계 안에서만 반응한다. 때문에 자존심을 긁는 서태웅의 말에 화가 치밀어도 참는다. 농구로 이겨 보이고 싶다.

『슬램덩크』의 초반에 등장하는, 채치수와 죽마고우인 '유도 사나이' 유창수는, 강백호가 채소연에게 잘 보이기 위해 농구부에 가입했다는 사실을 알고 있다. 그리고 채소연의 어린 시절 사진을 미끼로 강백호에게 유도부 입단을 권유한다. 그러나 채소연이 좋아하는 농구의 범주 안에서, 채소연의 시선을 갈망하는 강백호에게 이미 농구는 하나의 메커니즘이다.

나중에 가선 이 고집불통을 움직일 수 있는 건 단 한 사람, 서태웅뿐이다. 채소연에게 잘 보이기 위해서 시작했던 농구, 그러나 농구를 정말 사랑하게 된 강백호에겐 채소연을 향한 마음보다도 서태웅을 향한 마음이 더 큰 동력이다. 같은 가치 체계를 딛고 있는 이들 사이에서의 열망이란 때로 이성에 대한 사랑을 넘어선다.

'전국 최강'이란 팀과 맞붙은 2회전, 충분히 자신의 진가를 발휘한 서태웅은 이 경기를 반드시 이기고 싶다. 그러기 위해선 부상을 입은 강백호의 전력이 필요하다는 사실을 모르지 않는다. 서태웅에게도 강백호는 이미 중요한 타자가 되어 있다. 언제나 그 표현에 살가움이 없을 뿐이다. 그 특유의 살가움 없는 관심이 강백호를 움직인다.

농구를 시작한 지 채 한 학기가 되지 않는 시간, 수틀리면 박치기 신공부터 펼쳐 대던 강백호에게 이제 싸움의 능력치는 별 의미가 없다. 자신의 가치를 농구로 증명하고 싶다. 강백호에게 있어 서태웅은 그렇게 변화된 가치 체계로 가닿는 애증의 관계이기도 했다.

22

살라! 오늘이 마지막 날인 것처럼…

채치수의 '전국제패'

지역 내 확고부동의 No.1 이정환. 그 굳건함을 허물고 싶었지만 늘상 No.2에 머물러야 했던 김수겸. 그들은 고교시절 내내 애증의 역사를 반복한 사이다. 전통의 강호 해남과 상양에서 1학년 때부터 스타팅 멤버를 꿰찬 '경이의 신인'으로 불렸으며, 2년이 지난 지금엔 해남의 괴물이라는 수식과 상양의 감독 겸 선수라는 지위로 대변되는 존재감이다.

지역의 대표로서 함께 전국을 밟았던 동료애와 지역의 대표가 되기 위해 항상 서로를 견제해야만 했던 라이벌 의식, 그러나 김수겸의 이력에는 우승이 없다. 그 대신 언제나 목표의 한 걸음 앞에서 이정환에게 가로막히는 2인자 징크스가 이력의 나머지 공란을 채우고 있다.

그러나 채치수에게는 그들과 동료애나 라이벌 의식을 느낄 수 있을 만한 기회 자체가 거의 없었다. 재능만큼은 지역 최고의 센터로 인정받으면서도, 워낙 약체 팀에서의 발군이라 제대로 된 스포트라이트를 받지 못했던 채치수에게, 이정환과 김수겸은 도저히 닿을 수 없는 거리감인 듯했다. 지역리그 4강 문턱에도 가보지 못했던 커리어는, 언젠가 저들을 쓰러뜨리고 말겠다는 일방적인 열등감으로, 그들의 바깥을 겉돌고 있었을 뿐이다.

베스트 5가 모이기 이전의 북산고는, 이미 패배를 기정사실화하고 그 전제 안에서 얼마나 선전을 했느냐에 대한 담소가 습관이 되어 버린 분위기였다. 반복되는 실패를 통해 누적된 무기력은, 어느 순간부터 그것이 무기력이란 사실도 잊어 가고 있었다. 패배감에 젖을 대로 젖어 있는 패기들에게 채치수는 늘 히스테리를 부린다. 그러나 그도 채치수의 일방적인 시선에서의 확증편향일지 모른다. 저마다의 최선으로 임한 승부의 결과가 채치수의 성에 차지 않는 것이었을 수도 있다. 작정하고 패배하고자 하는 이들이 어디 있겠는가?

한다고 했는데도 그것밖에 되지 못했음을 불성실로 몰아가는 것도 패배감에 젖어 있는 피해의식의 다른 표현은 아닐까? 패배의 이유가 결코 자신은 아니라는 듯 남들에게 책임을 전가하는 심리적 투사일 수도…. 또한 풀이 죽은 채로 반성을 해야 하는 행위가 패배에 대한 예의인 것도 아니다. 저마다의 만족감으로 농구를 즐기고자 했던 입장에서는, 채치수가 입에 달고 살았던 '전국제패'의 꿈은 강박이며 강요일 뿐이다. 약체팀인 북산에게는 현실감이 결여된 목표이기도 했다. 더군다나 채치수에게만 궁극적 목표였을 뿐, 다른 동료들에게까지 목표였던 것은 아니다.

돌아오는 대답은 '애초부터 네가 농구명문으로 진학을 했으면 되지 않았냐?'이다. 그도 틀린 말은 아니다. 강팀으로 갈 실력이 되지 않아서 북산으로 온 것이기도 하다. 평범한 재능들이 모여드는 북산고에서, 채치수의 목표를 위해, 채치수와 함께 농구를 한다는 것은 동료들 입장에서는 숨이 막힐 노릇이다.

물론 같은 목표를 지닌 동급생이 있었다. 그러나 중학교 MVP 라는 타이틀을 가지고 입학한 정대만과는, 같은 목표에 대한 서로의 방법론이 너무도 달랐다. 더 좋은 팀으로 진학할 수도 있었지만, 안감독에게 감화되어 북산으로의 진학을 결심한 엘리트에겐 허락된 선택권의 성질부터가 달랐다. 제공권을 장악하는 높이의 능력 하나만이 뛰어났을 뿐, 다른 모든 제반 사항에는 서툰 수준이었던 채치수. 그에 비해 천부적인 센스와 화려한 이력을 소

유한 정대만. 서로 다른 좌표선상에서 서로를 향해 날이 서 있는 열등감과 자존심. 아직은 어렸던 두 유망주들은 늘상 티격태격이었다.

그러나 그 티격태격도 오래가지는 못했다. 정대만도 떠나 버린 체육관에는 전국제패의 꿈을 함께 실현할, 아니 꿈이라도 함께 꾸어 줄 친구라곤 권준호밖에 없었다. 그나마 농구라는 공통의 관심사에 발을 걸치고 있던 동료들조차도 하나둘씩 체육관에 발을 끊기 시작하면서, '전국제패'의 꿈은커녕 농구부의 존립 자체가 위태로울 지경에 이른다. 불이 꺼진 텅 빈 체육관에 유령처럼 떠돌고 있던 전국제패의 꿈. 그 뜻을 함께 해줄 동료들을 만나기까지, 채치수는 오랜 시간 동안 지고 또 지는 반복을 감내해야 했다.

전국의 무대로 가기 위한 마지막 관문, 지역 4강 리그에서 북산을 기다리고 있던 첫 상대는 '왕자(王者)'라고 불리는 해남이었다. 그러나 팀의 정신적 기둥인 채치수는 전반 초반에 발목을 접질리는 부상을 당한다. 해남과의 결전은 채치수가 고등학교 입학 때부터 꿈꿔 왔던 순간이다. 결코 손에 잡히지 않을 것만 같았던, 늘 저들에게만 허락되었던 저들만의 리그. 지금에서야 겨우 내게도 허락된 '우리들의' 리그이건만, 왜 하필 지금이란 말인가? 숱한 절망의 날들을 보내고 나서 간신히 잡은 기회 앞에 다시금 가로놓이는 절망, 이 무슨 운명의 장난이란 말인가?

언젠가는 너희들을 쓰러뜨리겠다던 열등감으로 학수고대했던, 그 '언젠가'가 눈앞에 펼쳐져 있다. 이미 김수겸을 쓰러뜨렸고, 이제 이정환만 남았다. 그토록 바라 왔던 전국으로의 진출도 가까이에 다가와 있다. 어떻게 여기까지 왔는데, 지금은 이러고 있을 때가 아닌데, 지금 내가 이러고 있다. 인생은 간혹 그토록 잔인하다. 잘 되어 간다 싶다가도 다시 엎어지고, 이제 좀 풀리려나 싶다가도 다시 얽히고설키고 꼬이고 막힌다.

붕대만을 감고서 후반전에 다시 교체투입된 채치수. 그의 선택은 그토록 꿈꿔 왔던 이 순간에 모든 가능성을 소진하는 것이었다. 20분 후에는 걸을 수 없게 되어도 좋다. 간신히 잡은 기회를 절대 놓치고 싶지 않다. 나중을 고려한 여분의 에너지 따윈 남겨놓지 않는다. 없는 에너지도 억지로 짜내야 할 판이다. 무언가를 좋아한다는 건 그렇듯 내가 지닌 모든 걸 불사르는 열정이다. 적어도 '당시에는 최선이었다는' 후회가 아닌, '지금 생각해도 최선이었다는' 긍지를 기억으로 남기고자 하는…. 이 상황이 다시 반복된다 해도 이 이상이 없을 정도로 최선을 다한 결과에도, 그 이상을 해내지 못했다는 후회가 남기 마련이다. 채치수에겐 그런 열정이 구현된 행위가 바로 농구다.

"농구 좋아하세요?"

강백호에게 던졌던 채소연의 질문에 대한 궁극의 대답은, 자신의 오빠인 채치수였는지도 모르겠다.

난 지금입니다!

최강 산왕과의 격돌. 그러나 벌어질 대로 벌어진 점수 차에 이미 전의를 상실한 북산의 선수들. 안감독의 지시로 잠시 교체되어 들어온 강백호, 이토록 처참하게 무너지는 북산을 지켜보고 있을 수만은 없었다. 죽이 되던 밥이 되던, 자신이 나가서 무언가를 하고 싶다. 그러나 긍정의 아이콘 강백호의 뇌리에 스치는 결론 역시 패배다.

"나뿐인가? 이길 수 있다고 생각하는 건…."

끝날 때까지는 끝난 게 아니라는 안감독의 테제와 함께 전달된 작전, 강백호는 최후의 희망이 되어 다시 경기에 투입된다. 안감독의 작전이란, 아주 잠시 패배감에 잠식당하고 있었던, 강백호의 근거 없는 자신감을 다시 회복하는 일이었다.

북산의 기대를 등에 지고, 누군가에게 필요한 존재가 되어 다시 경기에 투입된 강백호는, 뜬금없이 내빈석의 탁자에 올라가 '타도 산왕'을 외친다. 그의 엉뚱함은 이미 질리도록 익숙한 동료들에게도 언제나 새삼스런 부끄러움이다. 그러나 새삼스런 부끄러움 속에 새삼스럽게 깨달아지는 사실은, 산왕과의 경기 내내 강백호조차도 강백호스럽지 못했던 북산의 분위기이다. 강백호의 돌발행동은 북산의 '북산다움'을 회복하는 전환점이었다.

"산양은 내가 쓰러뜨린다."

강백호가 싸지른 공언은 이때까지만 해도 허언으로 들렸다. 동료들은 강백호가 창피하다. 그런데 강백호는 이를 역으로 이용한다.

"이젠 이길 수밖에 없게 되었지?"

그 공언이 끝내 허언으로 남겨지는 건 더 창피하다. 덜 창피하기 위해서라도 승리를 해야 할 판이다.

이때까지만 해도, 밟고 올라선 내빈석의 탁자가 강백호 자신에게 다시 한 번의 전환을 가져올 것이란 사실을 독자들은 알지 못했다. 온몸을 던져 엔드라인 밖으로 나가는 공을 잡아내는 허슬 플레이는 강백호의 표상이기도 하다. 무언가를 해주어야 할 상

황에서 무언가를 해내고야 마는 천재의 존재감 이전에, 할 줄 아는 것이 많지 않은 풋내기로서의 결핍이 향해 있는, 날선 승부욕이기도 하다. 선천적인 운동신경과 맷집으로 여간해선 잘 다치지 않는 강백호. 여느 때와 다름없이 엔드라인 밖으로 꼬꾸라졌던 몸을 힘차게 일으켜 세웠는데, 이번엔 여느 때와 달리 아프다. 내 빈석 탁자에 부딪힌 등이 점점 아파온다.

너무 아파서 리바운드가 제대로 되지 않는다. 그렇다고 이 중요한 시점에 몸을 사리고 있을 수는 없다. 하지만 등이 끊어질 듯 아프다. 이러면 안 되는데, 정말 이러면 안 되는 것인데, 저 잘나빠진 서태웅이 지켜보고 있는데, 이렇게 교체되고 싶지 않은데, 몸이 의지대로 움직여 주질 않는다. 의식은 점점 희미해져 간다.

끝내 교체되어 들어와 바닥에 엎드린 강백호의 머릿속엔 꿈만 같았던 지난 4개월의 여정이 파노라마처럼 스친다. 그 아득함을 비집고 선명하게 다가오는 어느 지나간 날의 결정적 순간.

"농구 좋아하세요?"

강백호는 사실 농구를 그다지 좋아하지 않았다. 그저 채소연에게 잘 보이고 싶었을 뿐이다. 그녀에게 천재의 모습을 각인시킬 수 있는, 한 번의 멋진 슬램덩크를 위해 오다 보니 여기까지 왔다.

"늑대가 나타났다."

강백호의 거짓말이다.

"늑대가 나타났다."

또 강백호의 거짓말이다.

"늑대가 나타났다."

이번에는 거짓말이 아니다. 정말로 늑대가 나타났다. 정말로 농구를 좋아하는 자신이 되어 버렸다. 바닥을 짚고 힘겹게 일어서, 채소연의 앞으로 다가가 느닷없이 농구를 향한 열정을 고백하는 강백호. 자신의 오늘을 있게 해준 '어제', 채소연이 물었던 '농구 좋아하세요?'에 대한 대답을 이제서야 솔직하게 할 수 있게 되었다.

"정말 좋아합니다. 이번에 거짓이 아니라구요!"

오만상을 찡그리면서도 다시 코트로 돌아가고자 하는 그의 의지를, 안감독은 선수 생명을 생각해 만류한다. 그리고 선수들의 성장을 지켜보고 싶었던 자신의 욕심을 사과한다. 안감독의 사과에 대한 강백호의 대답은, 『슬램덩크』의 표상으로 기억되어 지금까지 전해 내려오고 있는 하나의 금언이다.

"영감님의 영광의 시대는 언제였죠? 국가대표 때였나요? 난 지금입니다!"

지금 이 순간에 최선을 다해 거머쥐어야 할 하나의 가능성이,

내가 가장 원하고 바라는 소망이라면, 그 이후에 펼쳐질 다른 가능성들이 다 무슨 소용이란 말인가. 숱한 곡절을 겪으며 여기까지 왔는데, 이 기회가 다시 다가온다고 장담할 수도 없는 일 아닌가. 다음이란 기회는 없을지도 모른다.

이 운명의 순간이 어떤 미래에 닿아 있는지는 알 수 없는 일이다. 그 미래에서 나는 이 순간을 후회하게 될 수도 있다. 어떤 선택이 가져다주는 후회가 더 클까? 니체의 '영원회귀'는 그 선택에 대한 질문인 동시에 대답이다. 이 운명의 순간이 다시 한 번 반복된다 해도, 결코 번복하지 않을 수 있는 가치, 그것을 택하라는 것이다. 다시 한 번 반복된다 해도 지금과 같은 선택을 하겠는가? 강백호의 대답은 Yes였다.

23

이노우에 다케히코 이야기

"애써서 무언가가 되려고 하지 않고 자신의 있는 모습 그대로를 보여 주었다."

이노우에 다케히코는 건축가 가우디에 관한 스페인 여행기를 출간한 적이 있는데, 그의 발자취를 돌아보며 읊은 간결한 감회였다.

『슬램덩크』의 연재를 시작할 당시, 다양성을 인정하는 일본 만화계에서도 만류의 목소리가 많았단다. 일본 내에서 아직까지 농구가 인기스포츠도 아니었던 시절이었기 때문이다. 그러나 학창시절 농구부 주장까지 맡았던 경험을 토대로 자신만의 디테일을 그려 간 이야기는, 농구를 하나의 사회현상으로 만들어 버렸다. 가우디에게 표한 존경은 결국 저 자신에게 되돌려준 자긍심은 아니었을까?

그는 농구 경기 중에 일어나는 순간순간의 상황상황이 얼마나 흥미진진한 것인지에 대해 확신을 갖고 있었다. 그러나 그 확신이 처음부터 맞아떨어졌던 건 아니다. 만화 공모전에서 당선된 그의 데뷔작은, 농구부 주장과 농구부 출신 불량학생들의 에피소드를 그린 단편이다. 농구부 주장의 이름은 루카와 카에데, 서태웅의 일본판 이름이다. 농구부 출신 불량학생의 이름은 아카키 타케노리, 채치수의 일본판 이름이다.

뭔가 된다 싶은 곳엔 언제나 수많은 경쟁자들이 개미 떼처럼 몰려들어, 경쟁률을 높이며 서로가 더욱 더 힘든 게임을 만들어 간다. 자신에게 맞지도 않는 철학과 욕망을 줏대 없이 따라가기만 하다가 오히려 이도저도 안 되는 더 큰 혼란이 야기되기도 한다. 차라리 너 자신으로 살아가는 것, 자기 자신의 선택으로 진화를 거듭하는 것이 되레 지름길일지도 모르는데 말이다. 자신에게 조언이랍시고 권고된 야구와 축구를 끝내 거부한, 이노우에 다케히코의 '있는 모습 그대로'의 신념이 없었다면, 『슬램덩크』의 신화는 물론이요, 수많은 크리에이터들의 지금이 없었을지도 모른다.

인생이란 개인의 역사에 정해진 모범답안이 있을 수는 없다. 각자가 살아가는 맥락은 저마다 다르기에…. 삶의 공식은 누구에게나 저 자신을 미지수로 하는 방정식이다. 그렇기에 다른 누구의 방식과 철학이 정답으로 권고될 수도 없다. 좌절이고 절망일지언정 자신의 뜻대로 가보는 길 위에서 더 큰 반성과 각성을 만나게 되지 않을까?

이노우에 다케히코는 자신의 주변 사람들에게 만화가의 꿈을 알린 적이 전혀 없었다고 한다. 당연히 만화에 대한 이야기를 나눌 친구도 없었고, 당대의 만화를 모두 섭렵할 정도의 오타쿠적 예찬론자도 아니었다. 독학을 했다지만, 만화에 대한 상식 자체가 부족한 상태에서『슬램덩크』를 연재할 기회가 주어졌다.

자신감 하나로 밀어붙여 결국 초베스트셀러를 기록하게 되지만, 이노우에 다케히코의 회고 속에는 그런 자신감의 근거를 무지에서 찾는다. 돌아보면 무식했기 때문에 용감할 수 있었노라고….

무지의 열정이었을망정 자신을 긍정하는 극강의 자신감은『슬램덩크』의 팬들에겐 낯설지가 않다. 바로 주인공 강백호의 순간순간으로 회귀하는 정체성이기 때문이다. 이노우에 다케히코의 성격은 사뭇 강백호와 닮아 있다. 아무도 알아주지 않는 무명의 시절에도 자신이 인정하는 컨텐츠는『드래곤볼』하나였을 뿐, 다른 만화는 모두 그저 그렇다고 생각했다는 자신감. 그 자신감으로 『슬램덩크』가 나오기 전까지 작품 3개를 말아먹는다. 만화가로서의 자신보다는 독자로서의 자신에 가까운 시기였기에, 자신이 재미있어 하는 것을 대중들도 재미있어 하리라고 믿었다고 한다. 지금 돌아보면 한없이 부끄러운 실력이었지만, 뭘 몰라도 너무 몰랐기에, 자신이 뭘 모르고 있는지도 몰랐던 시기라고….

"아무것도 모른다는 게 어쩜 이렇게 행복할까?"

이젠 거장의 칭호가 어울릴 법한 시간이 다가왔지만. 그는 아직도 자신의 무지를 긍정하는 편이다. 그러나 그 결이 지난날과는 조금 다르다. 무지의 고집스러움이 아니라 순간순간 반성과 각성이 갈마드는 그 모름의 상황을 즐기는 듯하다. 사전적 지식의 간섭 없이 마주한 존재 자체로부터의 경외감, 그 느낌을 무척이나 좋아한다고 말한다.

자신의 무지를 인정할 수 있는 자에게만 새로운 것이 발견된다. 또한 자신의 무지를 자각할 수 있는 능력은 무언가를 아는 자에게만 허락된다. 하여 진정한 실력자들은 항상 겸손할 수밖에 없다. 자신이 아는 것보다 훨씬 많은 모르는 것들이 모여 이룬 세상이란 사실을 잘 알고 있기 때문이다. 그렇기에 자신만의 고집으로 굳어지지 않으며, 미지로 둘러싸인 모든 방향을 긍정하는 열린 체계이기도 한 것이다.

창의성으로 승부하는 크리에이터들에게 예술가적 고집은 필요한 덕목인지 모른다. 그러나 때로 불필요한 것들을 끌어안게 하는 아집일 때가 있다. 이노우에 다케히코가 긍정하는 모름은, 무지의 겸허로 가닿는 열린 체계의 감각인지도 모르겠다. 직관이란 것도 이런 경우에나 통용될 수 있는 덕목일 터, 그렇지 못한 많은 이들이 자신의 직관 하나만을 믿고서 달려드는 사례가 주변에 널려 있지 않던가. 내가 하면 될 것 같고 자신의 아이디어는 다 블루 오션 같은 자의식, 그러나 결국 그 죽일 놈의 자신감으로부터 배신을 당하고 마는….

앞서 언급했듯, 이노우에 다케히코의 데뷔작 역시 농구만화였다. 그러나 『슬램덩크』를 좋아했던 이들에게 익숙한 작화 스타일은 아니다. 『슬램덩크』가 처음 연재되었던 시기에, 내용의 전개와 작가의 유머감각뿐만 아니라 디테일한 화풍에 끌렸었던 기억이 있다. 『시티헌터』와도 많이 비교가 되었는데, 실제로 그는 『시티헌터』의 어시스턴트 일을 맡아본 적이 있다고 한다. 그러나 이미 만화계에 입문을 한 이후였고, 배경만 그리는 작업이었기 때문에, 비슷한 계열일지는 몰라도 캐릭터에 끼친 영향은 적었을 것이라고…. 그러나 독학으로만 진행하던 만화 작업에 많은 도움을 얻은 계기가 되어 준 것만은 틀림없단다. 후반부로 갈수록 그림체가 더 디테일해지는 탓에, 지금에 와서 보면 초반부의 퀄리티는 다소 떨어진다는 느낌까지 든다. 우리가 『슬램덩크』의 전형적 이미지로 기억하고 있는 섬세함은 해남과의 지역예선 경기 즈음부터다.

인기가 없으면 가차 없이 내쳐지는 일본 만화계인지라, 일단 대중들의 인기를 얻어야 '연재'도 가능할 수가 있다. 『슬램덩크』의 인기가 지속되고서야 매주 원고를 그리는 일이 가능해졌고, 연재의 긴 여정 속에서 그림 실력도 늘었단다. 캐릭터의 얼굴은 물론이고, 각자의 근육에도 미묘한 차이가 있다. 그리고 그 신체 디자인에 의거해서 유니폼이나 교복, 평상복을 입었을 시의 태까지 달리했단다. 비결을 묻는 질문에 대한 그의 대답은 '반복'이다. 그냥 반복해서 그리다 보면 자연스럽게 알게 된단다.

물론 체계적인 접근이 필요한 경우도 있지만, 때로 체계적이라는 명분만큼이나 몰개성으로 몰아가는 방법론도 없다. 반면 막하다 보면 어느 순간부터 막 되는 경우도 있다. 무슨 일이든 '반복'하다 보면 '차이'를 체득하게 되는 어느 순간이 다가오기 마련. 읽다 보면 이해가 되고, 보다 보면 보이고, 듣다 보면 들린다. 또

한 오류의 시간을 둘러갈지언정 차라리 독자적인 해석력이 갖춰지는 방법론이기도 하다.

『슬램덩크』는 강백호의 성장기이면서도 동시에 작가 자신의 성장기이기도 했던 것. 이노우에 다케히코는 그의 또 다른 대표작인 『배가본드』의 섬세하고 역동적인 화풍은, 『슬램덩크』가 가져다준 성장이었다. 다른 시각에서 보자면, 『슬램덩크』가 『배가본드』의 연습이 된 격.

한 인터뷰에서, 옛날로 돌아가 지금의 그림체로 다시 『슬램덩크』를 그리고 싶지 않느냐는 질문에, 이노우에 다케히코의 대답은 '아니오'였다. 테크닉은 늘었을지 몰라도, 캐릭터의 표정이나 감정, 어떤 신념을 가졌느냐에 이르기까지 그 시절이 아니면 표현할 수 없는 것들이었다고…. 지금의 자신이 다시 그린다면 그것은 거짓이 되고, 절대로 당시의 분위기를 넘어설 수 없을 것이라고….

지금은 그때처럼 고교운동부의 패기를 그려 낼 자신이 없다고도 말한다. 나이를 먹으면서 이런저런 경험을 덧댄 지금의 가치관으로는, 강백호를 위시한 많은 열정들이 향했던 '반드시 이긴다'라는 의지를 스스로 믿을 수가 없단다. 현실이 그렇지 않던가. 누군가가 이기기에 누군가는 반드시 져야 한다. 같은 간절함에도 승패는 다르게 갈리며, 강백호가 승리의 주인공이어야 할 당위성은 없다. '에이스 킬러' 남훈조차도 나름의 사연을 지닌 또 하나의 강백호였을 뿐이다.

그는 '이기는 것이 꼭 옳은가?'라는 질문을 스스로에게 던지기까지 한다. 지금의 자신으로선 신념을 갖고 승리로 나아가는 스토리전개가 쉽지 않다며, 문인 혹은 철학자 같은 성찰을 보이기도 한다.

그렇다면 최근 개봉한 〈더 퍼스트 슬램덩크〉는 이노우에 다케히코에게는 어떤 의미였을까? 송태섭을 주인공으로 내세운 이유는, 아마도 농구를 포기해야 했던 자신의 체형과 닮은 캐릭터였기 때문은 아닐까? 다시 써보고 싶은 이야기가 남아 있었던 건 아니었을까? 어쩌면 작가 자신의 『잃어버린 시간을 찾아서』였는지도….

다시 한 번, 왼손은 거들 뿐!

마치 꿈이었던 것처럼

모교로 나간 교생실습에서 내가 부담임을 맡았던 반은, 공교롭게도 내가 1학년 때 생활했던 교실이었다. 여전히 교실 뒤 사물함 위에 어수선하게 널려 있는, 땀에 찌든 체육복 하나만으로도 그 대강을 짐작할 수 있는 남학교 특유의 너저분함. 차이라면 우리 때는 그 풍경 속에 『슬램덩크』가 놓여 있었다는 것. 반 아이들이 다 돌려보고 난 후, 아무도 가져가지 않는 저번 주의 이야기들.

교생실습의 마지막 날, 모교 후배들과 작별인사를 하던 찰나, 나와 작별을 나누고 있었던 또 하나의 풍경은 내 학창시절이기도 했다. 반듯하게 보낸 학창시절은 아니었던 터라, 졸업하면 이곳을 향해서는 오줌도 안 갈기려고 했거늘, 다시 한 번 겪게 된 같은 공간과의 이별에 '그리움'을 느껴 버린 아이러니. 돌아보면 모든 게 여기에 있었다. 서태지의 컴백도, 김성재의 죽음도, 손오반과 트랭크스의 분노도, 서태웅과 강백호의 신화창조도…. 그 모든 기억을 굳이 다 가져가지 않으려 했다. 언젠가 다시 돌아와 교실 문을 열었을 때 하나 가득 쏟아져 나올 추억이길 기대하면서….

글을 쓰며 살아가다 보면 뒤를 돌아보는 시간이 많을 수밖에 없다. 내가 『슬램덩크』에 대한 애착의 이유일지도 모르겠다. 17살의 강백호 곁을 지키고 있을, 꿈 많았던 시절의 나를 기억하고자 하는 노력일 게다.

이젠 기억 속의 시간들이 거짓말처럼 느껴질 때도 있다. 내게 정말 그런 시절이 있었나 싶기도 하고, 그전부터 쭉 지금의 시절을 살고 있었던 것 같기도 하다.

글을 쓰는 내내 행복하기만 했다. 쓰는 것보다 다시 읽는 재미에 푹 빠져 있던, 마치 다시 학창시절로 돌아간 듯했던 시간들이었다. 불러도 응답하지 않는 시절에 두고 온 것들과, 그 시대를 에버그린으로 살았던 세대들의 어느 지나간 여름날 이야기, 그 이외에도 많은 잃어버린 것들과 잊어버린 것들을 상기할 수 있었던…. 내게 자격과 역량이 있는지는 모르겠지만, 독자 분들도 나와 같은 행복을 경험하는 시간여행이 될 수 있기를 바라며….

다시 쓰는 이야기

'기다리고 있을 테니까.'

'기다리고 있을 테니까.'

'네가 아주 많이 좋아하는 농구가 기다리고 있을 테니까.'

『슬램덩크』의 마지막 장면은, 파노라마처럼 스쳐 가는 북산고의 풍경들에 얹혀진 채소연의 내레이션이다. 그런 일상성이 스쳐 간 뒤에 기다리고 있던 대미였기에, 정말로 우리 곁에서 실제로 일어났던 현실 같아서 더 뭉클했던 것 같다. 이 만화의 연재가 종료되던 날엔, 마치 인생의 한 막이 끝나는 듯한 아쉬움으로 마지막 페이지를 덮었던 것 같다.

이미, 그리고 어느덧 벌써, 그로부터 오랜 시간이 흘러 버렸고 그 사이 바래 버린 너와 나의 옛이야기. 17살의 어느 날로부터 우리는 이렇게 멀어져 가고 있는데, 다시 펼쳐 본 페이지마다에서 강백호는 여전히 17살의 어느 날을 살아가고 있다. 강백호와의 재회가 반가우면서도 조금은 서글프기도 하다. 다시 한 번 마지막 페이지를 덮는 순간에는, 17살의 어느 날에 강백호를 남겨 두고 현실의 시간으로 떠나오는 아쉬움까지 느껴야

한다.

돌아보고 둘러보면, 학창시절에 함께 했던 모든 것들이 시간의 뒤안켠으로 사라졌다. 푸른 열정 같은 건, 이미 세상의 잿빛 냉정에 식어 간 지 오래, 우리는 그렇게 어른이 되어 있다. 이젠 꿈이라는 말도 함부로 꺼낼 수가 없는 처지, 어깨에 짊어진 이런저런 현실이 비상(飛上)의 꿈보다 무거운 중력이다.

그러나 가끔씩은 다시 돌아갈 수 없는 시절을 꿈꿔 보기도 한다. 꿈은 미래를 향한 것만은 아니다. 뒤돌아선 꿈, 나의 방법론은 『슬램덩크』였다. 공허하기도 애잔하기도 하지만, 적어도 그 꿈속에는 온전한 내가 있다. 도전을 두려워하지 않고, 몽상이고 망상일지언정 밝은 미래만을 상상하던 17살의 내가 있다. 이는 꼭 『슬램덩크』에만 해당하는 경우는 아닐 것이다. 누구나 그런 가치를 지닌 저마다의 인생작들을 지니고 있기 마련이다.

이제 더 이상 그것들에게 꿈의 자리를 내어 줄 수 있는 현실은 아닐지라도, 거기서 멈춰 선 이야기가 있다는 사실을 돌아보는 것만으로도, 분명 어떤 식으로든 여기에서 다시 쓰여지는 이야기들이 있을 것이다. 그 이야기들이 당신을 기다리고 있을 테니까!

저 푸른 허공에 그린 아름다운 포물선에 담았던, 지나간 날들의 꿈과 열정, 그리고 사랑과 희망. 한 번쯤은 삶에서 힘을 빼고 딛고 있는 일상의 중력에서 벗어나 그리운 공간으로의 점프. 그 최정점에서 저 하늘을 향해, 다시 한 번 왼손은 거들 뿐!

밀봉된 추억을 꺼내며

삽화 대부분은 민이언 작가님의 아이디어로 하나의 서사가 되도록 구성했다. 북산고로 모이는 동문들, 그들을 만나러 가기 전에 잠깐 추억의 바닷가에 들르는 서태웅, 국가대표 감독이 된 정우성의 기자회견을 각종 미디어를 통해 보고 있는 추억의 인물들, 모교의 코치가 된 황태산을 만나러 가는 윤대협, 가게 영업을 개시하는 변덕규, 그 하루를 가로지르는 에노시마 경전철. "그들은 어떤 어른이 되어 있을까?"란 질문으로부터 시작해, 그 시절로부터 오랜 시간이 지난 어느 날에 관한 이야기를 그렸다.

'문학적으로 표현하자'라는 민작가님의 제안에 따라 만화적 표현이나 데포르메 같은 연출적 왜곡은 최소화하고 공간과 인물을 덤덤하게 담아낸 스틸 이미지 같은 분위기의 컷들로 배치했다.

표지는 오랜만에 학교를 찾은 윤대협이 그 유명한 가마쿠라의 철도 건널목을 배경으로 뒤돌아보는 모습이다. 이 책의 테마와 맥락을 압축적으로 잘 설명하는 장면이라 생각했다. 마치 이와이 순지 감독의 영화 〈러브레터〉에서의 여주인공이 뒤돌아보는 장면이 연상되기도 했는데, 그 영화에서는 누군가 자신의 이름을 부르는 소리를 듣고 뒤를 돌아본다. 이 책의 띠지를 걷으면 윤대협을 부르는 듯한 서태웅이 서 있다.

추억의 공간으로 돌아와 '돌아본다'는 것은, 켜켜이 쌓여 있는 많은 시간을 떠올리고 성찰하는 의미이기도 하다. 그런 의미로 이 책이 읽히기를 바라는 마음을 담았다.

삽화의 형식으로도 의미를 전달하고 싶었기에, 그림은 스크린톤을 사용한 흑백 이미지로 작업했다. 지금은 웹툰이 대세지만, 출판만화가 융성했던 시절에는 망점이 인쇄된 스티커 형식의 종이를 만화 원고에 오려 붙여서 음영을 표현하곤 했다. 낭만이 되어 버린 스크린톤 작업을 지금은 디지털로도 구현할 수 있다. 외적인 형식으로도 90년대를 끌어오고 싶은 마음이 반영된 것이었고, 추억할 90년의 기억이 없을 세대의 독자층에게도 클래식한 작업 방식의 구현이 '힙'한 이미지로 보이길 바라는 마음이었다.

당대에 히트했던 노래를 오랜 시간이 지나 다시 들었을 때 당시의 추억도 되살아나듯, 만화도 마찬가지로 그 작품을 보았을 때의 추억을 고스란히 담고 있다. 내게『슬램덩크』를 처음 보았던 장소는 동네 이발소였다. 학생들이 많이 찾았던 그 이발소는 대기 시간이 길었는데, 인기 있는 만화책을 종류별로 비치해 놓아 기다리는 일이 힘들지 않은 곳이었다. 내 차례를 기다리며 집어 들었던 만화책이『슬램덩크』였는데, 완전 몰입해 읽다 보니 내 차례가 되어 만화책을 중간에 덮어야 할 상황이 싫을 정도였다. 그 순간이『슬램덩크』에 관한 나의 첫 기억이다. 습기를 머금은 만화책의 종이 냄새와 더불어, 이발소에서만 쓰는 특유의 비누향이 지금도 생생하다. 그 첫 기억에는 감각적인 것까지도 함께 밀봉되어 있다.

이 책을 펼쳐 보는 독자 분들도,『슬램덩크』에 밀봉되어 있던 각자의 추억을 꺼내어 보는 계기가 되었으면 한다. 이 책을 펼친 오늘의 기억도『난 지금입니다!』와 함께 간직되길 바라며….

— 일러스트레이터 정용훈

난 지금입니다!

다시 쓰는 슬램덩크

글 민이언

그림 정용훈

발행일 2024년 8월 22일 초판 1쇄

발행처 디페랑스

발행인 노승현

책임편집 민이언

출판등록 제2011-08호(2011년 1월 20일)

주소 서울특별시 마포구 양화로81 H스퀘어 320호

전화 02-868-4979 **팩스** 02-868-4978

이메일 davanbook@naver.com

홈페이지 davanbook.modoo.at

ⓒ 2024, 민이언, 정용훈

ISBN 979-11-85264-98-1 03810

* 「디페랑스」는 「다반」의 인문, 예술 출판 브랜드입니다.